신화의 숲에서 사랑을 만나다

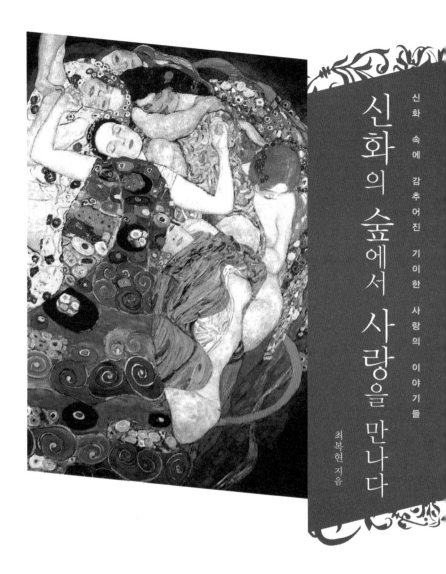

신화 속에 감추어진 기이한 사랑의 이야기들

신화의 숲에서 사랑을 만나다

최복현 지음

이른아침

에우로페를 납치하는 제우스

에우로페의 아름다움에 반한 제우스는 꾀를 내어 황소로 변신해 에우로페를 유혹했다. 아름다운
황소가 마음에 들었던 에우로페는 시녀들과 함께 황소의 머리와 목에 꽃다발을 걸어주는 등 예
쁘게 장식했다. 잠시 후 에우로페는 그만 호기심을 참지 못하고 황소에 올라탔다. 황소는 그 길
로 크레타 섬으로 헤엄쳐 갔다.

안티오페를 유혹하는 제우스

빼어난 미모의 안티오페를 발견한 제우스는 사티로스로 변신해 그녀에게 다가갔다. 사티로스는 얼굴은 사람의 모습이지만 머리에 작은 뿔이 났으며, 하반신은 염소의 모습을 한 반인반수의 괴물이다. 이렇게 사티로스로 변신한 제우스와 만난 안티오페는 마침 무료했던 터라 그와 장난을 주고받다가 그만 유혹에서 헤어 나오지 못하고 제우스와 정을 통하고 말았다.

디르케를 처벌하는 제토스와 암피온

안티오페가 낳은 쌍둥이 아들 암피온과 제토스는 자신의 어머니를 괴롭힌 디르케를 붙잡아 미친 듯이 날뛰는 황소의 뿔에 매달았다. 그들 형제가 안티오페의 아들임을 몰랐던 디르케는 그들을 협박하고 회유도 해보았으나 소용없었다.

사냥의 여신 아르테미스

평생 독신을 고집하며 처녀로 살겠다고 마음먹었던 아르테미스의 마음을 처음으로 열었던 남자가 바로 오리온
이다. 그러나 그녀는 오빠 아폴론의 계략에 말려들어 어이없게도 자신의 손으로 날린 화살로 오리온을 죽이고
말았다.

아르테미스와 오리온
눈이 먼 오리온이 케달리온을 어깨에 태우고 그의 안내를 받아 태양이 솟아오르는 동쪽으로 향하고 있다. 그리고
그곳에서 태양의 신인 아폴론을 만나 그의 빛을 받아 시력을 되찾았다. 이들의 모습을 구름 위에서 아르테미스가
지켜보고 있다.

님프들의 시중을 받는 아폴론
태양과 예언의 신인 아폴론은 그동안 수없이 많은 여자들을 탐했지만, 그의 사랑을 진정으로 받아들인 여인은 단
한 명도 없었다. 때문에 아폴론은 여인들의 호감을 사기 위해 영원한 생명과 예언의 능력을 선물했으나 모두 무용
지물이었다.

어둠의 장막을 가르는 에오스

에오스는 쌍두마차를 타고 매일 새벽마다 하늘을 갈랐다. 붉은 태양이 떠오를 때면 그녀는 장밋빛 붉은 손가락으로 밤의 장막을 거두어들이고 그 자리에 꽃을 뿌렸다. 에오스의 뒤쪽으로 영생을 얻었지만 영원한 젊음을 선사받지 못해 세월 앞에 속절없이 늙어버린 남편 티토노스가 보인다.

아폴론의 마차에 탄 파에톤

태양신 헬리오스는 이른 아침마다 아폴론의 마차를 몰고 세상에 빛을 뿌렸다. 그의 아들 파에톤이 호기심을 참지 못하고 아버지의 마차를 끌었는데, 이때 주인이 아니라는 것을 알아본 말들이 고삐가 풀린 듯 하늘 위로 치솟아 올라 제멋대로 날뛰는 바람에 태양의 열기가 강과 바다의 물을 말려버렸다.

군사들에게 끌려가는 헬레네

파리스가 데려간 헬레네를 되찾기 위해 시작된 트로이전쟁은 결국 헬레네의 전 남편인 메넬라오스가 이끄는 그리스
군의 승리로 끝이 났다. 메넬라오스와 헬레네는 스파르타로 돌아가 남은 생애를 함께 보냈다. 여전히 아름다움을 간
직한 그녀를 본 메넬라오스는 차마 그녀를 벌할 수가 없었던 것이다.

오디세우스를 유혹하는 세이렌
다시금 귀향을 위해 길을 떠나는 오디세우스에게
키르케는 한 가지를 당부했다. 항해 도중에 세이
렌의 섬을 지나가게 될 텐데, 바다의 요정 세이
렌의 노랫소리를 들은 사람들은 너무나 매혹적인
그 소리에 이끌려 바다에 빠져 죽게 된다는 것이
었다. 때문에 그 섬을 지나가는 동안에는 귀를
밀랍으로 틀어막아 아무런 소리도 듣지 않도록
신신당부했다.

오디세우스와 키르케

마녀 키르케는 오디세우스의 부하들에게 맛있는 음식을 먹인 뒤 그들을 돼지로 만들었다. 이런 위험에 처한 부하들을 구하기 위해 나선 오디세우스는 헤르메스에게 약초를 선물 받았는데, 그 때문에 키르케의 마법을 피할 수 있었다.

시아버지의 수의를 짜는 페넬로페

이타케의 수많은 남자들이 홀로 된 페넬로페에게 매일 같이 찾아와 끈질기게 청혼했다. 이에 페넬로페는 시아버지의 수의를 모두 짜면 한 사람을 선택해 결혼하겠다고 약속했다. 그러나 그녀는 낮에는 수의를 짜고 밤이 되면 다시 이를 풀어 시간을 끌었다.

오르페우스와 에우리디케

오르페우스는 틈이 날 때마다 리라를 손에 들었다. 그의 손에서 울려 퍼지는 청아한 선율이 온 대지를 수놓을 때면, 인간은 물론이거니와 하늘에서 그의 모습을 지켜보던 신들과 산속의 모든 동물들, 감정이 없는 식물과 바위까지도 그의 연주에 매료되어 숨을 죽이고 그 모습을 바라보았다고 한다.

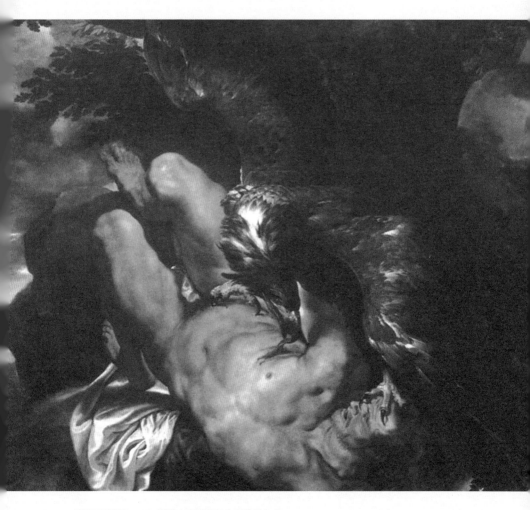

프로메테우스의 간을 쪼아 먹는 독수리

프로메테우스는 인간을 위해 신들의 불을 훔쳐 그들에게 주었는데, 이에 화가 난 제우스가 그에게 평생 독수리에게
간을 쪼아 먹히는 형벌을 내렸다. 더군다나 프로메테우스는 불사신이었기 때문에 매일 그 같은 고통을 겪어야만 했
다. 그러나 제우스의 아들인 헤라클레스가 이 독수리를 죽이는 바람에 자유의 몸이 되었다.

EVA PRIMA PANDORA

상자를 두고 고민하는 판도라

제우스는 프로메테우스가 만든 인간보다 더 아름다운 인간을, 즉 최초의 여성 인간을 진흙으로 빚었다. 이 진흙 인간에게 아테나는 생명과 옷을, 아프로디테는 아름다움을, 헤르메스는 교활하고 배신하는 성질과 설득력을, 아폴론은 음악의 재능을 선물했다. 너무나도 아름다운 이 인간의 이름은 판도라로 지어졌는데, 그 뜻은 '모든 선물을 받은 여인'이다.

신탁을 따라 행하는 데우칼리온 부부

제우스가 홍수로 이 세상을 심판하자 세상에 살아남은 인간이라고는 데우칼리온과 피라 이 둘뿐이었다. 때문에 이들은 인류를 다시 번성하게 할 수 있는 방법을 찾기 위해 테미스 여신의 신전을 찾았는데, 이곳에서 어머니의 유골을 뒤로 던지라는 신탁을 받았다. 어머니는 다름 아닌 대지였고, 그녀의 유골은 돌을 일컫는 것이었다.

페르세포네를 납치하는 하데스
에로스의 화살을 맞은 지하 세
계의 신 하데스는 페르세포네를
보자마자 사랑에 빠졌다. 결국
그는 페르세포네를 차지하기 위
해 강제로 그녀를 지하 세계로
납치했다. 조금 전까지 그녀를
치장하고 있던 꽃들은 그녀의
몸부림에 땅에 떨어져 땅바닥에
뒹굴었다. 그녀의 안타까운 마음
을 대신하듯 땅에 떨어진 꽃들
의 이파리마다 이슬이 송골송골
맺혔다.

▬▬▬▬▬▬　**포세이돈과 데메테르**

오래전부터 데메테르에게 눈독을 들였던 포세이돈은 딸을 잃은 슬픔에 힘들어하던 데메테르를 강제로 범해 쌍둥
이를 임신시켰다. 데메테르는 말로 변신한 상태에서 포세이돈과 관계를 맺었기 때문인지 말 한 마리와 반인반수
의 아이를 낳았다.

████████ 대지와 곡물의 여신 데메테르

데메테르는 인류에게 큰 축복을 내렸기에 올림포스의 12신들 가운데 가장 숭배를 받았던 여신이었다. 그러나 딸을 잃은 슬픔과 분노를 참지 못하고 대지에 저주를 내렸는데, 때문에 해마다 가뭄과 장마가 연속되어 인간들이 일군 밭에는 가시덤불만 무성히 자랐다.

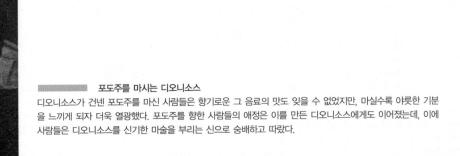

포도주를 마시는 디오니소스

디오니소스가 건넨 포도주를 마신 사람들은 향기로운 그 음료의 맛도 잊을 수 없었지만, 마실수록 야릇한 기분
을 느끼게 되자 더욱 열광했다. 포도주를 향한 사람들의 애정은 이를 만든 디오니소스에게도 이어졌는데, 이에
사람들은 디오니소스를 신기한 마술을 부리는 신으로 숭배하고 따랐다.

디오니소스와 아리아드네
포도나무를 찾아 이곳저곳을 돌아다니던 디오니
소스는 낙소스 섬에 도착했는데, 그곳에서 테세
우스에게 버림 받아 혼자가 된 아리아드네를 만
나게 되었다. 디오니소스는 배신의 상처로 아파
하는 아리아드네에게 청혼을 하면서 아름다운 왕
관을 선물했는데, 이 왕관은 아리아드네가 죽은
뒤 하늘로 올라가 왕관자리가 되었다.

포도주를 마시는 어린 디오니소스
술의 신 디오니소스의 이름은 '두 어머니를 가진 자'라는 뜻을 품고 있다. 세멜레의 뱃속에서 자라던 그가 그녀
의 죽음으로 인해 아버지 제우스의 허벅지에서 세 달을 더 머물다가 태어났기에 붙여진 이름이다. 최초로 포도주
를 빚은 신으로 알려진 디오니소스는 아시아 전역을 떠돌아다니면서 포도 재배법을 널리 알렸다고 한다.

사랑은 하나뿐인데, 사랑의 사본은 갖가지이다.

_F. 라 로슈푸코

신화, 그 아름답고 찬란한 사랑의 노래

이 세계에는 수많은 신화가 있다. 신화는 사실에 입각해서 쓴 역사의 기록과 반대의 자리에 놓여 있지만, 상상력의 강에서 노니는 그 매력 넘치는 이야기들은 역사의 기록보다도 더 오랜 전승의 역사를 지닌다. 또한 신화가 품고 있는 드라마틱한 이야기들은 오래전부터 문학과 예술 작품의 소재가 되어 재창조된 새로운 모습으로 우리의 삶 속에서 호흡하고 있다.

그러한 수많은 신화들 중에서도 사람들은 유독 그리스 신화에 열광한다. 인간의 상상력을 뛰어넘는 놀라운 능력을 지닌 신과 영웅들의 이야기가 매력적이기도 하지만, 한편으로 그 위대한 신들이 일개 인간과 다를 바 없이 사랑을 나누고, 이별의 아픔 때문에 괴로워하고, 연인의 새로운 애인에게 질투하고, 혹여 사랑을 빼앗길까봐 전전긍긍하는 지극히도 인간적인 모습들을 보여주기 때문일 것이다.

그리스 신화에 등장하는 신들은 이렇듯 보통의 인간과 다를 바 없는 성정(性情)을 지닌 인물로 그려지는데, 때문에 그들의 이야기를 가만히 듣고 있노라면 신들의 삶이 우리네 그것과 그다지 다를 바 없다는 생각까지 들게 된다. 이처럼 그리스 신화는 우리가 신에 대해 막연히 품고 있는 고정관념을 과감하게 깨뜨린다. 그래서인지 그리스 신화를 읽다보면 흡사 내가 이 이야기의 주인공이 된 것 같은 기분에 사로잡히곤 한다. 물론 그리스 신화는 인간이 만들어낸 창작물이기에 당연히 그 이야기들은 우리네 삶과 밀접하게 연관되어 있다. 또 신들이 가지고 있는 신이한 능력과 영생의 삶 등은 인간들의 희망사항을 신화에 투영한 것이라 할 수 있다. 때문에 우리는 신화를 일컬어 '세상을 보는 또 하나의 눈'이라고도 부른다.

이러한 그리스 신화 가운데 필자는 신들의 사랑 이야기에 초점을 맞추었다. 사랑이란, 인간의 세계는 물론 신들의 세계를 유지하는 가장 큰 원동력이기 때문이다. 이 책에 실린 신들의 사랑 이야기는 그리스 신화의 여러 판본을 비교하여 널리 알려진 이야기들을 취합하여 하나의 글로 구성한 것이며, 필자의 상상력에 의해 조금씩 재구성된 부분이 있다는 점을 독자들에게 미리 밝혀둔다.

신화 속에 숨어 있는 사랑 이야기들을 캐내기 위해 여러 책들을 뒤적이는 동안 나는 아주 멀리 여행을 떠난 것 마냥 무척 설레었다. 특히 신들의 세계라는 낯선 고장에서 만난, 열병과도 같은 지독한 사랑에 빠진 이 이방인들은 하나 같이 너무나 매력적이었다. 사랑의 맹세를 지키기 위해 20년이란 세월을 변치 않은 믿음으로 묵묵히 기다려온 아름다운 여인 페넬로페, 신들을 감동시킨 순애보의 주인공 오르페우스와 에우리디케, 아내 헤라의 질투에도 굴하지 않고 꿋꿋이 새로운 연인을 찾아 나서는 제우스까지, 그 어떤 것으로도 정의내릴 수 없는 다양한 사랑의 모습을 보여준 신화 속 연인들에게 진심으로 감사를 표한다.

차 례

페니키아의 왕 아게노르는 텔레파사라는 아름다운 아내를 맞아 행복한 나날을 보내고 있었다. 게다가 그의 딸 에우로페는 텔레파사를 닮아 그 무엇에도 비할 수 없을 만큼 너무나 아름답게 자라났다. 에우로페 외에도 이들 부부는 카드모스, 포이닉스, 킬릭스라는 세 아들을 낳았는데, 아게노르의 용맹함을 그대로 물려받은 그들은 건장한 청년으로 성장했다.

에우로페는 시녀들과 함께 바닷가에서 물놀이 하는 것을 좋아했다. 눈이 부시도록 아름다웠던 에우로페였던지라 그녀를 흠모하는 뭇 사내들은 그녀가 거니는 바닷가 주변을 늘 기웃거렸다. 그러나 그녀의 미모가 범접할 수 없을 만큼 강력했던 탓일지 사내들은 선뜻 에우로페에게 다가갈 용기를 내지 못했다. 이런 모습을 바라보는 그녀의 부모들 또한 흐뭇하고 대견한 마음을 감출 수 없었다. 이들은 기필코 훌륭한 사윗감을 찾아 에우로페와 결혼시키리라 마음먹었다.

그러던 어느 날, 미인이라는 소리에 자다가도 벌떡 일어날 최고의 난봉꾼 제우스의 눈에 에우로페의 모습이 들어왔다. 이미 많은 여인들과 불륜을 저질렀던 제우스였던지라 그의 아내 헤라는 온갖 방법을 동원해 그를 감시하고 있었다. 그러나 에우로페의 미모에 눈을 뗄 수 없었던 제우스는 그녀를 그냥 보낼 수 없었다. 이에 꾀를 낸 제우스는 에우로페가 자신에게 먼저 다가설 수 있도록 아름다운 황소로 변신하여 그녀가 자주 찾는 바닷가로 찾아갔다.

보드라운 황금빛 털로 뒤덮인 황소를 발견한 에우로페는 호기심에 먼저 다가가 황소의 등을 어루만졌다. 황소는 에우로페에게 몸을 맡긴 채 가벼운 숨소리만 내쉬었다. 이 황소가 너무나 마음에 들었던 에우로페는 시녀들과 함께 황소의 머리와 목에 꽃다발을 걸어주는 등 예쁘게 장식했다. 사람의 피부보다도 더 보드라운 황소의 털을 어루만지던 에우로페는 문득 황소의 등에 올라타고 싶어졌다. 이에 시녀들은 에우로페가 황소에 올라탈 수 있도록 부축해 주었다. 그러자 그때까지 얌전히 있던 황소가 갑자기 바다로 뛰어들었다.

황소는 에우로페의 시녀들이 더 이상 쫓아오지 못할 정도로 깊은 곳까지 헤엄쳐 갔다. 처음에 에우로페는 시녀들이 점점 시야에서 멀어지자 두려움에 떨었지만 망망대해에 이르자 오히려 편안한 기분마저 들었다. 에우로페를 태우고 조심스레 헤엄치던 황소는 잠시 후 크레타

아름다운 황소가 마음에 들었던 에우로페는 앞으로 자신에게 어떤 일이 벌어질지도 모른 채 그만 호기
심을 참지 못하고 황소에 올라탔다.

섬으로 방향을 돌렸다. 크레타 섬은 흡사 지상낙원처럼 아름답고 신비
로운 꽃과 나무들로 우거져 있었다. 에우로페는 아름다운 섬의 풍경을
둘러보느라 황소의 존재를 잠시 잊고 있었다. 그렇게 섬을 둘러보던
에우로페의 눈에 제우스의 모습이 들어왔다. 게다가 원래 그 자리에
있던 자신을 태우고 온 황소는 온데간데없이 사라져버린 것이다.

제우스는 환한 미소를 지으며 에우로페에게 다가갔다. 에우로페는
당황하여 처음엔 도망쳤으나 제우스는 감미로운 밀어를 속삭이며 그
녀를 유혹했다. 결국 이들은 플라타너스 나무 아래에서 뜨거운 사랑을

제우스에게 납치당하는 에우로페

에우로페의 아름다움에 반한 제우스는 꾀를 내어 황소로 변신해 그녀를 유혹했다. 그렇게 납치한 에우로페를 태우고 바다를 헤엄쳐 크레타 섬으로 데려가고 있다.

나누게 되었다. 에우로페는 어느덧 제우스에게 사랑의 감정을 품게 되었다. 난봉꾼 제우스 또한 그녀의 매력에 빠져들어 단지 하룻밤 상대로 여기지 않고 꽤 오랜 세월을 그녀와 함께 크레타 섬에서 지냈다.

한편 에우로페의 아버지 아게노르는 시녀들로부터 에우로페가 황소에게 납치되어 바다로 사라졌다는 소식을 듣게 되었다. 이에 큰 충격을 받은 아게노르는 그의 아들들을 불러 이렇게 말했다.

"에우로페가 황소를 타고 바다로 사라졌다는데 도대체 행방이 묘연하구나. 너희들이 가서 반드시 찾아오너라. 에우로페를 찾을 때까지

44

내 앞에 돌아올 생각은 아예 말아라. 알겠느냐?"

불같이 화를 내면서 명령하는 아버지의 모습에 놀란 아들들은 아무런 대꾸도 하지 못하고 그 앞을 물러났다. 이 같은 남편의 모습에 겁이 난 텔레파사도 아들들을 따라 나섰다. 이들은 에우로페의 행방을 찾아 전 세계를 떠돌기 시작했다. 그렇게 세월은 흘러만 갔다.

한편 바람피운 사실을 아내에게 들키지 않으려고 전전긍긍하면서 지금껏 불륜 상대들에게 매몰차게 굴었던 제우스이지만, 이번에 에우로페에 대한 그의 사랑은 좀 유달랐다. 점점 에우로페에게 빠져들었던 제우스는 그녀에게 세상에 하나밖에 없는 특별한 선물들을 주었다. 던지기만 하면 절대로 과녁이 빗나가지 않는 투창, 목표한 사냥감을 반드시 잡고야 마는 사냥개, 매일같이 크레타 섬을 순찰하면서 방문자를 쫓아내는 청동 인간인 탈로스가 바로 그것들이다. 에우로페는 제우스가 준 선물들을 그와의 사랑을 방해받지 않도록 자신의 거처를 찾은 이들을 공격할 때 이용했다. 그렇게 그들의 사랑은 깊어져 갔고, 세월이 흘러 그들은 결실을 맺게 되었다. 미노스, 라다만티스, 사르페돈이라는 세 아이를 낳게 된 것이다.

에우로페는 이렇게 행복한 나날을 보내고 있었지만, 아게노르의 세 아들들과 아내 텔레파사는 에우로페의 행방을 찾기 위해 수없이 많은 고생을 겪어야만 했다. 하지만 그녀의 묘연한 행방을 찾을 수 없었을 뿐더러 아게노르의 엄명 때문에 고향으로 돌아갈 수도 없는 노릇이었다. 한편 아게노르는 날마다 성 밖에 나가서 에우로페와 함께 아들들과 아내가 돌아오기를 손꼽아 기다렸다. 하지만 그 누구도 고향으로 돌아오지 않았다. 결국 그의 세 아들들은 머나먼 타지에서 각자의 삶을 살았다. 카드모스는 그리스의 테베를 건설했고, 포이닉스는 리비아에 머물렀으며, 킬릭스는 킬리키아에서 이름을 드높였다.

에우로페는 제우스와의 사랑이 영원히 이어질 것이라 믿어 의심치 않았지만, 제우스의 바람은 완전히 사라진 것이 아니라 잠시 멈추었던 것뿐이었다. 제우스는 또 다시 새로운 상대를 찾아 크레타 섬을 떠났고, 이에 비관한 에우로페는 눈물로 밤을 지새웠다. 그런 그녀를 따뜻한 시선으로 바라보던 남자가 있었으니 다름 아닌 크레타의 왕 아스테리오스였다. 그는 에우로페를 성으로 데려와 함께 남은 생을 보내자며 진심어린 마음을 담아 청혼했다. 사랑을 잃고 아파하던 그녀는 그 빈자리를 채워주겠다고 약속한 그에게 이끌려 청혼을 받아들였다.

세월이 흘러 이들의 사랑이 결실을 맺어 에우로페를 닮은 예쁜 딸이 태어났다. 그들은 딸의 이름을 섬의 이름을 본떠 크레테라고 지었다. 선한 마음씨의 아스테리오스는 에우로페가 제우스와의 사이에서 낳은 세 아들들을 양자로 맞이하고 그들 가운데 미노스를 후계자로 삼았다.

에우로페는 감당할 수 없는 대상과 꿈같은 첫사랑을 했지만, 그 사랑의 대가를 치르느라 나중에는 쓰라린 이별의 아픔 또한 감내해야 했다. 그러나 다행히 다시 찾아온 사랑으로 웃음 짓게 된 에우로페는 사랑의 진정한 의미를 깨닫게 되었다.

이후 에우로페(Eurōpē, Europa)는 유럽(Europe) 대륙 이름의 어원이 되었고, 제우스가 변신했던 황소의 형상은 별자리가 되어 지금도 하늘을 비추고 있다고 한다.

제우스와 안티오페

운명의 장난에 이끌려 아버지를 죽이고 어머니를 아내로 삼았던 오이디푸스의 이야기는 정신분석학자 프로이트의 '오이디푸스콤플렉스' 이론으로도 많은 이들에게 널리 알려져 있다. 그러나 이 이야기의 또 다른 주인공인, 아들에게 목숨을 잃은 라이오스와 그의 선조들 또한 오이디푸스 못지않게 몇 대째 이어져 내려온 비극으로 점철된 삶을 살았다. 그러한 비극의 단초는 그리스 신화 속 최고의 신, 제우스의 '바람기'로 인해 시작되었다.

오이디푸스의 아버지 라이오스는 테베의 왕 라브다코스의 아들로 태어났다. 그러나 라이오스의 나이 한 살 때 아버지 라브다코스가 세상을 떠나 어린 나이에 왕좌에 오른 그를 대신해 외가 쪽에서 섭정(攝

政)을 하게 되었다. 그의 아버지인 라브다코스의 어린 시절 또한 마찬
가지였다. 테베를 건설한 카드모스의 아들 폴리도로스와 니크테이스
사이에서 태어난 라브다코스는 아버지의 죽음으로 어린 나이에 왕좌
에 올랐지만 그를 대신해 외할아버지인 니크테우스가 섭정을 맡아 테
베를 다스렸다.

니크테우스에게는 라브다코스의 어머니인 니크테이스 외에도 너무
나 아름다웠던 안티오페라는 딸이 있었다. 그런 그녀를 바람둥이 신
제우스가 가만둘 리 없었다. 제우스는 자신의 정체를 숨기고자 사티로
스로 변신해 그녀에게 다가갔다. 사티로스는 얼굴은 사람의 모습이지
만 머리에 작은 뿔이 났으며, 하반신은 염소의 모습을 한 반인반수의
괴물이다. 이렇게 사티로스로 변신한 제우스와 만난 안티오페는 마침
무료했던 터라 그와 장난을 주고받다가 그만 유혹에서 헤어 나오지 못
하고 제우스와 정을 통하고 말았다. 그런 후 몇 달이 지나 자신과 사랑
을 나누었던 사티로스가 다름 아닌 제우스이며, 그의 아이를 자신이
임신했음을 알게 되었는데, 이 소식이 아버지 니크테우스의 귀에까지
들어가게 되었다. 결혼도 안한 딸이 임신했다는 사실에 화가 잔뜩 치
민 니크테우스는 부하들에게 안티오페를 데려오라고 명령했다. 이에
놀란 안티오페는 일단 제우스에게 자신을 구해줄 것을 요청했지만, 제
우스는 부인 헤라에게 자신의 불륜 사실이 들통날까봐 걱정만 할 뿐
안티오페에게 그 어떤 도움의 손길도 내밀지 않았다. 심지어 안티오페
와 자신이 사랑을 나누었다는 사실조차도 기억하지 못하고 있었다.

이에 어쩔 수 없이 안티오페는 목숨이라도 지키고자 이웃나라 시키

48

제우스와 안티오페
빼어난 미모의 안티오페와 사랑을 나누기 위해 반인반수의 사티로스로 변신한 제우스가 안티오페를 유
혹하고 있다.

온으로 도망쳤다. 당시 시키온은 에포페우스라는 왕이 다스리고 있었
는데, 안티오페와 마주하게 된 에포페우스는 아름다운 그녀를 보고 첫
눈에 사랑의 감정을 품게 되었다. 그녀에게 자초지종을 들은 왕은 그
녀를 지켜주기로 맹세한 후 과감히 청혼했다. 더 이상 도망갈 곳도 없
었던 안티오페는 에포페우스의 진심어린 마음이 느껴져 그의 청혼을
받아들였다.

이러한 소식을 들은 안티오페의 아버지 니크테우스는 그녀가 아버
지를 알 수 없는 사생아를 가진 것도 용서할 수 없는데, 자신의 허락도

받지 않고 결혼했다는 사실에 너무나 격분하여 자신이 직접 처벌하고자 시키온까지 찾아갔다. 그녀는 아버지가 자신을 데려가기 위해 시키온에 직접 왔다는 소식을 듣고는 안절부절 어쩔 줄 몰라 했다. 그런 그녀에게 에포페우스는 자신이 그녀에게 했던 맹세를 다시금 들려주며 그녀를 안심시켰다.

"나의 사랑, 안티오페! 염려 마오. 내가 살아 있는 한 그대를 어떻게든 지켜줄 것이오."

드디어 니크테우스가 그들이 머물고 있는 성 밖에 서서 쩌렁쩌렁한 목소리로 외쳤다.

"시키온의 왕 에포페우스는 어서 나의 딸 안티오페를 돌려주어라. 그렇지 않으면 그대와 안티오페는 목숨을 보전치 못할 것이다."

결국 에포페우스는 장인어른인 니크테우스와 결투를 하게 되었다. 그러나 증오보다는 사랑의 힘이 더 컸던 것인지 니크테우스는 큰 부상을 입은 채 병사들에게 간신히 의지하여 테베로 돌아갔다. 부상이 워낙 깊었던 니크테우스는 얼마 후 죽음을 앞두게 되었는데, 이에 동생 리코스를 불러 그에게 유언을 남겼다.

"내 아우, 리코스야. 이제부터 안티오페는 내 딸이 아니다. 네가 이 형의 원수를 갚아다오. 나를 이 꼴로 만든 에포페우스를 기필코 죽여 없애라. 그리고 안티오페를 꼭 잡아다가 벌을 내려라."

니크테우스는 이렇게 유언을 남긴 후 곧 세상을 떠났다. 리코스는 그의 유언을 지키고자 군사를 이끌고 시키온으로 달려갔다. 기세등등하게 들이닥친 리코스의 군사는 시키온 성을 일시에 함락하고 왕 에포페우스를 죽임으로서 니크테우스의 원수를 갚았다. 그리고는 안티오페를 잡아다가 형의 유언대로 벌을 주기 위해 테베로 데려가려고 채비를 마쳤다. 그렇게 승전보를 울리며 테베로 향하던 도중에 잠시 들른 키타이론 산에서 갑작스레 안티오페가 쌍둥이 형제를 출산했다. 그런데 훗날 암피온과 제토스라는 이름을 갖게 된 이 두 형제를 리코스는 가차 없이 그 산에 버리고 말았다. 형의 복수심에 불타올랐던 그의 가슴에 자비라고는 남아 있을 리 없었던 것이다.

그런 뒤 테베로 돌아온 리코스는 안티오페를 자기 아내인 디르케에게 보내 노예로 삼게 했다. 디르케는 안티오페의 뛰어난 미모에 질투가 난 나머지 그녀를 몹시 학대했다. 안티오페는 외롭고 힘겨운 노예 생활을 하면서도 산에 버려진 자신의 아이들 생각에 눈물 마를 날이 없었다. 그런 그녀를 괴롭히는 것을 낙으로 삼았던 디르케는 시간이 흐르자 점차 그 일에 흥미를 잃었다. 테베의 왕인 라브다코스가 아직 어렸기에 니크테우스의 뒤를 이어 리코스가 섭정을 했던 터라, 여왕의 신분과 다를 바 없었던 디르케는 세상에 부러운 사람이 그 누구도 없었기 때문이었다. 게다가 오랜 노예 생활로 수척해진 안티오페는 더 이상 과거의 화려한 미모를 자랑하지 못했던 것이다. 이에 디르케는 자신에게 더 이상 흥밋거리가 되지 못하는 안티오페를 지하 감옥에 가두어버렸다.

한편 산에 버려진 안티오페의 쌍둥이 형제는 다행히 그 산에서 살고 있는 양치기에게 발견되었다. 생명이란 한없이 가볍기도 하지만 이렇게 질기기도 한 것이리라. 양치기는 이들을 데려다가 친자식처럼 정성

디르케의 시중을 드는 안티오페
디르케는 조카인 안티오페의 미모가 샘이 난 나머지 노예로 삼아 몹시 학대했다.

을 다해 키웠다. 암피온은 자라면서 음악에 뛰어난 재능을 보였고, 제토스는 무예와 목축 기술에 남다른 소질을 보였다. 특히 암피온은 커 가면서 그의 아버지 제우스의 매력과 어머니 안티오페의 빼어난 외모를 점점 닮아가 멋진 청년으로 성장했다. 그를 만난 처녀들은 다들 그의 모습에 넋을 놓을 정도였다. 리디아의 왕 탄탈로스의 딸 니오베도 암피온에게 반한 처녀들 중 한 명이었다. 암피온 또한 우아한 아름다움과 지성을 갖춘 그녀에게 점점 빠져들었는데, 이렇게 서로를 흠모하게 된 그들은 얼마 지나지 않아 결혼하게 되었다.

이렇게 자신의 아이들이 훌륭한 청년으로 자랐을 거란 생각조차 하지 못했던 안티오페는 오랜 세월을 감옥에 갇힌 채 눈물로 세월을 보냈다. 그러던 어느 날, 감옥의 감시가 소홀한 틈을 타 안티오페는 탈출에 성공했다. 안티오페는 일단 자신의 아이들의 생사 소식만이라도 확인하고 싶은 생각에 형제가 버려졌던 키타이론 산으로 도망쳤다. 산속을 이리저리 헤매던 안티오페는 결국 너무나 지쳐 기절하고 말았다.

그런데 이 또한 신의 장난이었을까. 쓰러져 있던 안티오페를 오래전 그녀의 쌍둥이 아들을 구했던 양치기가 또 다시 발견하게 된 것이다. 그녀를 데리고 집으로 온 양치기는 자신의 양자이자 안티오페의 친자인 암피온과 제토스와 함께 그녀가 깨어나기만을 기다렸다. 잠시 후 정신을 차린 안티오페는 주변을 둘러싸고 있는 청년들이 자신이 낳은 아이들인 줄은 꿈에도 생각지 못하고 그저 낯선 사내들 사이에서 있다는 사실에 두려움에 떨었다. 암피온과 제토스 또한 그녀가 그들 형제의 친어머니라는 사실을 알지 못했다. 양치기는 깨어난 안티오페에게 이렇게 물었다.

"입은 옷을 보아하니 당신은 귀족의 노예가 틀림없는데 왜 이 산으로 도망을 친 거요?"

안티오페는 잠시 대답을 망설이다가 간신히 입을 열었다.

"예. 저는 디르케의 노예입니다. 하지만 억울한 연유로 그녀의 노예가 된 것이지, 원래 노예 신분은 아니었습니다."

"그러면 당신의 정체는 무엇이고, 이름은 무엇입니까? 디르케의 노예를 데리고 있었다는 이유로 우리 일가가 억울하게 죽임을 당할 수도 있으니 솔직히 말해 주시오."

그러나 안티오페는 그간의 사연을 모두 말했다가 더 큰 화를 입을 수도 있을 것 같다는 생각에 그저 자신의 이름만을 밝혔다. 양치기는 모든 사연을 말하지 않는 그녀가 의심스럽기는 했지만 괜스레 연민이 들어 일단 자신의 집에 머무를 수 있도록 배려했다. 그러나 제토스는 그녀가 자신의 어머니라는 사실을 전혀 모르고 있었기에 일개 노예처럼 부렸다.

그런데 얼마 후 키타이론 산에서 술의 신 디오니소스를 위한 축제가 열렸다. 마침 디오니소스의 열렬한 신도였던 디르케가 그 축제를 주관하고 있었는데, 축제를 구경하러 나온 안티오페 일행이 그녀의 눈에 띄게 된 것이다. 이에 디르케는 안티오페와 함께 축제를 찾은 암피온과 제토스를 불러 들여 이렇게 말했다.

"정녕 너희들이 그년을 보호하고 있었던 것이냐. 그 계집은 나의 노예 안티오페라는 년이다. 썩 이리로 데려오너라!"

그러자 암피온과 제토스는 디르케에게 머리를 조아리며 대답했다.

"아니옵니다. 우리는 단지 그녀를 숲에서 발견하여 잠시 데리고 있었을 뿐이옵니다."

"그러면 됐다. 저년을 데려다가 저기 황소의 뿔에 묶어두어라!"

그러자 제토스는 디르케의 명령대로 안티오페를 강제로 끌고 가 미친 듯이 날뛰는 황소의 뿔에 그녀를 묶었다. 그녀는 제토스를 향해 살려달라고 애원했지만 제토스는 들은 체도 하지 않았다. 자신의 아버지에게 죽음의 위협을 당했던 안티오페가 이제는 자신이 낳은 아들의 손에서 죽을 운명에 처해진 것이다. 그런 그녀의 모습을 바라보던 양치기의 머릿속에 불현듯 몇 가지 생각이 떠올랐다. 테베의 통치자였던 니크테우스의 딸 안티오페의 갓 태어난 두 아들이 키타이론 산에 버려졌다는 소문이, 그리고 그 아이들이 자신의 양자인 암피온과 제토스일 수 있다는 생각이 든 것이다. 이에 당황한 양치기는 암피온과 제토스를 불러들였다.

"얘들아, 실은 나는 숲에 버려진 너희들을 키운 양아버지란다. 그리고 너희들을 낳은 친어머니는 바로 제토스가 황소에 묶은 저 여인, 안티오페란다. 내가 진작 그것을 떠올리지 못했으니 어쩌면 좋으냐."

이 말을 들은 암피온과 제토스는 황소에게 달려들어 겨우 안티오페를 구해 냈다. 이 모습을 지켜본 디르케는 부하들을 시켜 그들을 모두 잡아들이라고 명령했다. 그러나 무예가 출중했던 제토스는 오히려 부하들을 물리치고 디르케를 붙잡아 황소의 뿔에 매달았다. 그들 형제가 안티오페의 아들임을 몰랐던 디르케는 그들을 협박하고 회유도 해보았으나 소용없었다. 이에 디르케는 디오니소스에게 구원을 요청해 겨우 목숨을 구하게 되었다.

한편 안티오페와 함께 집으로 돌아온 이들 형제는 그토록 보고 싶었던 어머니로부터 그간에 일어났던 모든 사건의 전말을 듣게 되었다. 이에 암피온과 제토스의 분노는 극에 달했다. 이들은 어머니의 원수를 갚고자 군사들을 모아 테베를 공격하기로 결정했다.

당시는 라브다코스의 아들 라이오스가 테베의 왕위에 오른 지 얼마 되지 않았을 무렵이었다. 그러나 실질적인 테베의 왕권은 여전히 리코

디르케를 처벌하는 제토스와 암피온

자신의 어머니를 괴롭힌 디르케에게 복수하기 위해 두 형제가 그녀를 황소에 묶고 있다.

스가 차지하고 있었다. 몇 해 전 성인이 된 라브다코스가 왕권을 차지하면서 리코스의 섭정이 끝이 났지만, 그러나 얼마 지나지 않아 라브다코스가 판디온이 다스리던 아테네와 전쟁을 벌이던 중에 목숨을 잃는 사건이 있었다. 때문에 라브다코스의 아들인 라이오스가 왕위에 오르게 되었는데, 너무 어린 나이였기에 여전히 리코스가 섭정을 하며 왕권을 휘둘렀던 것이다.

이러한 혼란스러운 상황에서 암피온과 제토스의 군대가 테베에 들이닥친 것이다. 이들과 맞설 대책을 미처 세우지 못했던 리코스의 군대는 맥없이 지고 말았다. 이에 암피온과 제토스는 어머니의 원수를 갚고자 리코스와 디르케를 잡아 사형에 처하고, 라이오스에게서 테베의 왕권을 빼앗았다. 생명에 위협을 느낀 라이오스는 재빨리 피사의 펠롭스 왕궁을 찾아가 그곳에서 잠시 몸을 피했다.

테베를 차지한 암피온과 제토스는 라이오스가 언제든 다시 세력을 정비해 왕권을 되찾고자 전쟁을 일으킬 수도 있을 거라는 생각에 일단 성곽을 굳건히 다지는데 주력했다. 무예가 뛰어났던 제토스는 부하들을 통솔하고 성곽을 쌓는 일에 능숙했지만, 그렇지 못한 암피온은 할 수 있는 일이 거의 없었다. 때문에 제토스는 은근히 암피온을 무시하려고 들었다.

그런데 이러한 제토스의 자부심을 접게 할 만한 놀라운 일이 벌어졌다. 어느 날, 성곽을 쌓으려고 모아놓은 돌들 앞에서 암피온이 7현으로 이루어진 리라를 연주하기 시작하자 신기하게도 그의 연주 소리에 맞추어 돌들이 저절로 움직이더니 하나씩 성곽을 이루었던 것이다. 이에 제토스는 암피온의 공적을 높이 사 7현을 갖춘 리라처럼 성에 일곱 개의 문을 내어 성곽을 완성시켰다. 그 후 이들 형제는 테베의 굳건한 성 안에서 평화로운 나날을 보냈다.

그러던 어느 날, 암피온의 아내 니오베가 농담 삼아 제우스의 자녀를 낳은 레토를 모욕하는 말을 내뱉었다.

"제우스의 사랑을 받았다고는 하지만 레토는 아폴론과 아르테미스 두 명의 자식밖에는 없잖아. 나는 아들과 딸을 각각 일곱 명씩이나 낳았단 말이지. 이런 내가 레토보다 더 훌륭하지 않을까?"

이 이야기를 들은 레토는 분노를 참지 못하고 아폴론과 아르테미스를 불러 자신을 위해 복수를 해달라며 부탁했다. 아폴론과 아르테미스는 그 즉시 니오베의 가족들이 머물러 있는 성을 찾아가 그녀의 아들들을 향해 차례로 화살을 쏘기 시작했다. 아들은 모두 잃었지만 아직 일곱 명의 딸들이 남아 있었다. 그러나 니오베는 그때까지도 레토에게 굴복하지 않았다. 그러자 일곱 명의 모든 딸들을 향해 아르테미스의 화살이 날아갔다. 그렇게 모든 자식들이 목숨을 잃자 암피온은 그 자리에서 자살하고 말았다.

모든 자식과 남편을 잃고 비탄에 빠진 니오베는 고향인 리디아로 돌아갔다. 그러나 리디아에서도 그녀는 시필로스 산 위에서 올라가 밤낮으로 울며 탄식했는데, 그러던 어느 날 그만 돌이 되고 말았다. 돌이 되어서도 리디아의 눈물은 멈추지 않아 지금까지도 그 돌에서는 끊임없이 물이 흐른다고 한다.

쌍둥이 형제인 암피온이 죽자 실의에 빠진 제토스는 무기력하게 지

제 우 스
◈
안 티 오 페

냈다. 그런데 공교롭게도 그의 하나밖에 없던 아들마저도 그의 아내 테베의 실수로 죽고 말았다. 형제를 잃은 슬픔이 채 가시기도 전에 아들을 잃은 비극까지 겹친 제토스도 결국 시름시름 앓다가 이내 죽음을 맞이했다.

이렇게 두 아들의 죽음을 허무하게 바라볼 수밖에 없었던 안티오페는 가슴이 갈가리 찢어지는 듯한 아픔을 겪었다. 너무나도 큰 충격에 급기야 미쳐버린 그녀는 세상 이곳저곳을 떠돌아 다녔다. 그렇게 하루하루를 보내던 안티오페는 어느덧 키포스라는 나라에까지 이르렀다. 키포스는 시시포스의 후손인 포코스가 다스리고 있었는데, 우연히 안티오페를 만나게 된 포코스는 연민의 정에 이끌려 그녀를 데려와 정성을 다해 병을 고쳐주었다. 이어 둘은 결혼을 하게 되었고 세 명의 아들을 낳으며 행복한 시간을 보냈다.

그들은 같은 날 조용히 죽음을 맞이했는데, 이들 부부는 함께 디트레이아 지방에 묻혔다. 그 후 디트레이아 사람들은 안티오페의 아들이었던 제토스와 암피온의 무덤가 흙을 이들 부부의 무덤에 뿌리면 풍년이 든다고 믿어 오랜 세월 동안 이 풍습을 지켜왔다고 한다. 과거를 묻지 않고 따뜻하게 사랑을 베풀었던 포코스가 후인들에게 신앙의 대상이 되었던 것이다.

올림포스 여신 중에서 최고의 멋쟁이를 꼽으라고 한다
면 아마도 그 자리를 새벽의 여신인 에오스가 차지할 것이다. 에오스
는 쌍두마차를 타고 매일 새벽마다 하늘을 갈랐다. 붉은 태양이 떠오
를 때면 그녀는 장밋빛 붉은 손가락으로 밤의 장막을 거두어들이고 그
자리에 꽃을 뿌렸다. 꽃과 함께 하늘에 나부끼는 그녀의 옷자락은 멋
진 장관을 연출하곤 했다. 에오스의 마차는 눈이 부실 정도로 밝은 빛
을 내뿜는 파에톤과 람포스라는 두 말이 끌었다.

에오스는 티탄 신족(神族)인 히페리온과 테이아의 딸로, 그녀의 아
버지 히페리온은 태양을 다스리는 신이었다. 아버지의 뒤를 이어 에오
스의 오라버니 헬리오스가 태양신이 되었고, 여동생 셀레네는 달을 다

티 토 노 스

■■■■■ 어둠의 장막을 거두는 에오스
에오스는 라틴어로 아우로라(Aurora)이며, 새벽을 뜻한다. 극광 현상인 '오로라'도 이 에오스 여신의 이름에서 유래했다.

스리는 여신이 되었다. 에오스가 어둠의 장막을 거두어들이고 새벽을 열면, 잠시 후에 헬리오스가 네 마리의 말이 이끄는 불의 수레를 타고 동쪽에서 서쪽으로 하늘을 가로지르며 낮을 주관했다. 그리고 헬리오스가 지나간 자리를 셀레네가 뒤이어 따라가며 밤의 장막을 쳤다. 그런데 이 세 남매는 서로 경쟁이라도 하듯이 셀 수 없이 많은 상대와 연애를 해 온갖 추문들이 끊이지 않았다. 이 셋 가운데서도 에오스의 남성 편력은 따라올 자가 없었다.

에오스는 사랑의 진정한 의미를 깨닫기도 전에 그저 육체적인 욕망만을 채우기에 급급했다. 그녀의 첫 남편은 티탄 신족인 아스트라이오스로, 이 둘은 밤낮 없이 격정적인 사랑을 나누었다. 그렇게 세월이 흐르면서 이들 부부 사이에서 네 명의 아이들이 태어났다. 훗날 이 아이들은 바람과 별을 주관하는 신이 되었다. 제피로스는 서풍을, 노토스는 남풍을, 보레아스는 북풍을, 헤스페로스는 저녁별을 다스렸다.

하지만 세월이 흐르자 그녀는 남편에 대한 사랑이, 아니 들끓던 욕망이 점점 사그라지는 것을 느꼈다. 이에 젊고 아름다운 남자들을 찾아다니기 시작했다. 그러던 중에 풍요의 여신 아프로디테의 연인이었던 군신(軍神) 아레스와 연애를 하게 되었다. 이를 알게 된 아프로디테는 분노를 참지 못하고 에오스에게 저주를 내렸는데, 그녀와 사랑을 나눈 모든 인간 남자들의 목숨을 앗아가 버렸던 것이다.

그럼에도 에오스는 자신의 남성 편력을 멈추지 않았다. 에오스는 아름다운 청년을 만날 때마다 그를 유혹해 잠자리를 가졌으며, 그때마다 아프로디테는 그들을 찾아내어 목숨을 앗아갔다. 그렇게 한때 자신과 사랑을 나누었던 사이였지만 에오스는 그들의 죽음에도 아랑곳하지 않고 새로운 상대를 찾아 나섰다.

타오르는 욕망을 잠재우지 못하고 방황하던 에오스에게도 어느 날 진실한 사랑이 찾아왔다. 그 상대는 티토노스라는 이름의 청년으로 트로이의 왕 라오메돈의 아들이었다. 티토노스를 향한 에오스의 사랑은 점점 깊어져 에오스의 머릿속에 늘 그의 모습이 떠올랐다. 자신과 사랑을 나눈 남자는 모두 죽게 된다는 사실을 잘 알고 있었던 에오스는

에 오 스
◈
티 토 노 스

이러지도 저러지도 못하고 애만 태웠다. 아무리 그렇다 해도 그를 품에 안지 않고는 자신이 못 견딜 것 같다는 생각이 든 에오스는 그를 일단 납치해 보기로 했다.

그 어떤 날보다도 신경 써서 곱게 차려입은 에오스는 쌍두마차를 타고 티토노스에게 접근했다. 그러자 티토노스는 에오스의 아름다운 외모도 그렇지만 무엇보다 화려한 쌍두마차에 이끌려 그녀에게 관심을 보였다. 이에 에오스는 그에게 부드럽고 감미로운 목소리로 이렇게 말을 건넸다.

"티토노스, 그렇게 머뭇거리지 말고 마차에 타요. 저 아름다운 하늘을 가르며 잠시 산책이나 하는 건 어때요?"

그러면서 머뭇거리는 그에게 다가가 얼른 팔을 잡아당겼다. 그러자 티토노스는 못 이기는 체하며 마차에 올랐다. 티토노스가 올라타자 그녀는 빠른 속도로 마차를 몰아 하늘을 향해 내달렸다. 한참을 달려 어디인지 가늠할 수 없을 정도로 먼 곳으로 그를 데려간 에오스는 드디어 마차를 멈추고는 그곳에서 잠시 쉬었다 가자면서 그를 유혹했다. 티토노스는 지금 상황이 납치되어온 꼴이었지만 그렇다 해도 매력적인 에오스가 그리 싫지만은 않았다. 그렇게 시작된 둘의 사랑은 점점 깊어져 갔다.

진정으로 사랑하는 이와 환희에 가득 찬 밤을 보낸 에오스는 다음 날 티토노스와 함께 올림포스의 최고 신 제우스에게 찾아갔다. 그리고는 이렇게 간절히 요청했다.

"제우스님! 저는 이 남자를 정말로 사랑해요. 제발 아프로디테의 저

늙은 티토노스를 두고 떠나는 에오스
한때 너무나 사랑하는 마음에 에오스는 그에게 영생까지 선물했지만 세월의 주름 앞에 그 사랑은 속절없이 무너지고 말았다.

주에서 벗어나 이 남자가 우리들처럼 영원히 살 수 있도록 해주세요."

　그녀의 거듭되는 간곡한 청에 못 이긴 제우스는 티토노스에게 영원한 삶을 허락해 주었다. 그렇게 해서 사랑하는 이를 얻게 된 에오스는 티토노스와 행복한 나날들을 보내게 되었다. 그 사이 그들은 두 명의 아들을 얻었는데, 장남 멤논은 훗날 에티오피아의 왕이 되었으며, 차남 에티미온은 아리비아의 왕이 되었다.

　그런데 세월이 흐르면서 티토노스에게 점점 변화가 일어나기 시작했다. 그가 다른 사람들처럼 늙어가기 시작한 것이었다. 아뿔싸, 그녀는 제우스에게 티토노스에게 영원한 생명을 허락해 달라고만 했지, 영원한 젊음은 미처 부탁하지 않았던 것이다. 티토노스가 늙어가자 에오스의 마음은 너무도 아파왔다. 그녀는 진심으로 티토노스를 사랑하고 있었던 것이다. 그녀는 지난날 그토록 아름다웠던 티토노스의 모습을 떠올리며 빙그레 미소를 짓다가도, 막상 눈을 뜨면 주름 가득한 티토노스의 모습을 보며 눈물을 흘릴 수밖에 없었다.

그러는 동안 점점 그녀의 사랑도 식어갔다. 결국 그의 머리가 백발이 되자 그녀는 그와 더 이상 사랑을 나누지 않았다. 마침내 에오스는 그를 침실에 가두고는 음식으로 꿀만 내주며 홀로 외롭게 살도록 방치했다. 티토노스는 계속해서 늙어갔는데, 나중에는 몸을 가눌 수 없을 정도로 쇠약해졌지만 자신의 처지가 서글펐던 그는 계속해서 혼잣말을 지껄였다. 그런 그를 더 이상 볼 수 없었던 에오스는 급기야 티토노스를 매미로 만들어버렸다.

그렇게 해서 다시 혼자가 된 에오스는 매일 새벽마다 어둠의 장막을 걷는 일을 하면서 새로운 상대를 찾아 나섰다. 그런 에오스의 남성 편력은 다른 연인의 비극적 사랑을 만들어냈는데, 이 이야기는 다음 장에서 계속 이어진다.

얽히고 얽힌 숙명의 굴레

오리온과 아르테미스

사랑이란 전혀 뜻하지 않은 곳에서 시작되어 서로를 향해 은근한 걸음으로 다가서곤 한다. 운명의 여신은 서로 다른 방향을 바라보고 있는 남녀를 같은 곳을 바라보도록 우연 같은 인연을 만들어주곤 한다. 이는 신들의 세계에서도 마찬가지다.

다시 외로운 나날을 보내게 된 에오스는 새로운 연인에 대한 갈망이 좀처럼 사그라지지 않아서 무척 괴로워했다. 그녀는 그 괴로움을 달래기 위해 가끔 마차를 타고 세상 곳곳을 다니며 여행을 하곤 했다. 그러던 중 사냥을 하고 있는 멋진 사내를 발견하게 되었다. 그와 마주한 에오스는 불끈 솟아나는 욕망을 느꼈다. 바로 오리온이라는 이름의 거인이었다.

오리온은 바다의 신 포세이돈의 아들로, 포세이돈은 그에게 바다 속을 걸어갈 수 있는 능력을 선물로 주었다. 그런데 엄청난 거인이었던 오리온은 그 능력을 사용하지 않아도, 바다에 들어가면 물 위로 머리가 드러날 정도로 거대했다고 한다. 또한 빼어난 미남이었기에 오리온의 주변에는 그를 따르는 여인들이 무척 많았다. 오리온은 그런 여인들 중 한 명인 시데와 사랑에 빠져 결혼했다. 석류나무라는 뜻의 이름을 가진 시데는 도도하면서도 매력 넘치는 여인이었다. 그전까지 오리온은 자신에게 사랑을 고백한 여자라면 그 누구도 마다하지 않았지만 결혼한 후에는 아내에게만 충실했다. 그들이 낳은 두 딸인 메티오케와 코로니데스도 시데를 닮아 점점 아름다운 여인으로 자라났다.

오리온은 시간이 흐를수록 아내에 대한 사랑이 더욱 커져갔는데, 그런 사랑을 받은 탓인지 시데는 갈수록 아름다워졌다. 그러다보니 주변의 많은 사람들이 시데의 미모를 칭송했다. 우쭐해진 시데는 거울 앞에서 자신의 미모를 감상하는 시간이 점점 늘었는데, 심지어 자신이 세상에서 가장 아름다운 여인이라는 생각까지 들게 되었다. 어느 날 그녀는 남편에게 능청스레 이렇게 물어보았다.

"여보, 이 세상에서 누가 제일 아름다운가요?"

"그야 당신보다 더 아름다운 사람이 어디 있겠나."

그가 웃음을 띠며 대답하자 의기양양해진 시데는 한껏 자신의 아름다움을 뽐내며 이렇게 말했다.

"헤라 여신이 아름답다고는 하지만 아마 나보다는 아름답지 않을 거예요. 그러니 당신은 제우스보다 더 행운아인 게 틀림없어요."

신화의 숲에서
사랑을 만나다

시대의 이 말은 헤라의 귀에까지 들어가게 되었다. 감히 인간인 주제에 여신인 자신을 무시했다는 생각에 헤라의 분노는 이미 걷잡을 수 없는 상태가 되었다. 결국 헤라는 명계(冥界)의 신인 하데스에게 시데를 지하 세계로 데려가라고 명령했다. 이렇게 오리온은 졸지에 아내를 잃고 혼자가 되었다. 오리온은 아내를 잃은 슬픔을 쉽게 떨쳐버릴 수 없었기에 잠시 여행을 떠나기로 결심했다.

한참을 떠돌던 오리온의 발걸음이 멈춘 곳은 키오스 섬이었다. 이섬은 오이노피온이 다스리고 있었는데, 그는 헬리케라는 님프와 결혼하여 행복한 나날을 보내고 있었다. 그런데 이 키오스 섬에는 그 누구도 물리치지 못한 야수 한 마리가 살고 있었는데, 때문에 오이노피온은 혹시 이 야수가 자신의 아내와 딸들을 헤치지는 않을까 하는 생각에 마음 한켠이 늘 불안했다. 그런 그 앞에 오리온이라는 거인이 나타나게 된 것이다. 범상치 않은 외모의 오리온을 만나게 된 오이노피온은 그에게 이렇게 제안했다.

"어디서 온 뉘신지 모르겠지만, 이 나라 어디에서든 편히 머무를 수 있도록 배려해 주겠소. 그런데

사냥한 전리품을 손에 쥔 오리온
오리온은 엄청난 거구였지만 잘생긴 외모 때문에 주변에는 늘 아름다운 여인들이 끊이지 않았다.

68

내 한 가지 청이 있소. 이 나라에는 못된 야수가 한 마리 있는데 때문에 피해가 이만저만이 아니라오. 보아하니 당신은 힘 좀 쓸 것 같으니 그 야수를 없애주시오. 야수가 처치되기만 한다면 내 딸 메로페를 당신의 아내로 삼게 해주겠소."

그러자 오리온은 호탕하게 웃으며 대답했다.

"나는 사냥꾼 가운데 둘째가라면 서러운 오리온이라 하오. 그 야수가 어떤 놈인지는 모르겠지만 걱정 마시오. 내일 날이 밝는 대로 그 야수가 있는 곳을 찾아가겠소. 단숨에 처리해 드리리다."

오리온은 이렇게 말한 뒤 메로페를 돌아보았다. 메로페는 화려한 아름다움을 지니지는 않았지만 묘한 매력이 넘치는 여인이었다. 귀족의 신분답게 고결하면서도 청초한 아름다움을 지닌 그녀와 마주한 오리온은 오랜만에 찾아드는 사랑의 감정에 마냥 설레었다.

날이 밝자마자 오리온은 주민들과 함께 야수를 찾아 나섰다. 그렇게 시작된 야수 사냥은 너무나 싱겁게 끝나고 말았다. 오리온에게 달려든 야수는 그의 거대한 손에 잡혀 단숨에 목이 꺾인 채 바닥에 너부러지고 말았던 것이다. 하루라도 빨리 메로페와 결혼하고 싶었던 오리온은 아예 야수의 가죽을 벗겨 이를 가지고 산에서 내려왔다. 오리온의 마음은 벌써 메로페에게 가 있었다. 그녀를 아내로 맞아들일 생각을 하니 그의 입가에 미소가 절로 피어났다.

"오이노피온이여. 내가 당신이 말한 야수를 사냥하고 왔소. 그러니 이제 당신의 딸과 결혼하게 해주시오."

"아! 너무나 고맙소. 하지만 서두르지 마시오. 모든 일에는 순서가 있는 법이오."

어제는 야수를 처치하기만 하면 당장 딸을 내줄 것 같았던 그의 태도가 이렇게 한순간에 바뀌어버린 것이다. 그렇지만 오리온은 일단 기다려보기로 했다. 그렇게 며칠이 지났건만 오이노피온은 계속해서 핑계를 대면서 그들의 결혼을 차일피일 미뤘다. 이에 오리온은 홧김에 포도주 한 동이를 단숨에 마셔버렸다. 술에 취한 오리온은 더욱 대담해져 메로페를 겁탈하려는 생각을 품었다. 메로페를 붙잡은 오리온은 그녀의 옷을 강제로 벗겨버렸다. 오리온의 타오르는 욕구는 한없이 들끓었고 마침내 환희에 차올라서 짐승처럼 울부짖었지만, 그녀는 그럴수록 뼈저린 고통을 느꼈다. 욕구를 충족한 오리온은 잠시 후 그대로 누워 이내 코를 골며 잠이 들었다. 메로페는 일단 옷을 주섬주섬 챙겨들고는 자리를 피했다.

메로페가 오리온에게 겁탈을 당했다는 사실을 전해 들은 오이노피온은 오리온이 잠들어 있는 곳으로 달려갔다. 여전히 오리온은 술과 욕정에 취한 채 잠들어 있었다. 화가 끝까지 치민 오이노피온은 오리온이 아직 잠들어 있는 것에 용기를 내어 칼로 그의 두 눈을 도려냈다. 그제야 오리온이 잠에서 깼지만 이미 그의 눈에서는 붉은 피가 줄줄 흘러내리고 있었다.

"이게 무슨 일이야. 대체 어떤 놈이야!"

오리온은 벌떡 일어나서 무조건 앞을 향해 내달렸다. 어느덧 바닷가에 도착한 오리온은 눈을 감싸 쥔 채 바다를 건너기 시작했다. 아무것도 보이지 않는 오리온은 망치 소리를 길잡이 삼아 걸음을 옮겼다. 그

아르테미스와 오리온
눈이 먼 오리온이 케달리온을 어깨에 태우고 아폴론을 만나기 위해 동쪽으로 향하고 있다. 이들의 모습을 구름 위에서 아르테미스가 지켜보고 있다.

소리는 외눈박이 거인 키클로페스가 두드리는 망치 소리로 바다 저편에서 들려왔다. 오리온은 그 소리를 따라 길을 더듬어 렘노스 섬에 자리한 헤파이스토스의 대장간으로 갔다. 헤파이스토스는 헤라의 아들로 불의 신이었다. 헤파이스토스는 태어나면서부터 절름발이였는데, 이런 아들의 모습이 싫었던 헤라는 올림포스 산에서 그를 지하 세계로 떨어뜨렸으나 바다의 여신 테티스가 구출해 9년 동안 그녀의 손에서 자랐다.

헤파이스토스는 오리온을 보자 동병상련의 마음이 들었던지, 그를

71

불쌍히 여겨 케달리온이라는 직공을 불러서 그를 아폴론의 거처로 안내하도록 했다. 오리온은 케달리온을 어깨에 태우고는 그의 안내를 받아 태양이 솟아오르는 동쪽으로 향했다. 그리고 그곳에서 태양의 신인 아폴론을 만나 그의 빛을 받아 시력을 되찾을 수 있었다.

오리온은 다시 세상을 볼 수 있다는 생각에 너무나 기뻤지만 한편으로는 자신의 눈을 도려낸 오이노피온의 모습이 떠오르자 치가 떨렸다. 그는 그 길로 복수를 다짐하고, 키오스 섬으로 향했다. 오리온이 나타났다는 소식을 접한 오이노피온은 두려움으로 어쩔 줄 몰라 했다. 오이노피온은 오리온의 시력이 회복될 수 있도록 도와주었던 헤파이스토스에게 도움을 청했다.

"헤파이스토스 님, 오리온이 제 딸을 강제로 범해 이를 참지 못하고 그에게 복수를 한 것인데 이제 그놈이 나를 죽이려 합니다. 제발 우리 부녀를 불쌍히 여겨 도와주십시오."

그간의 내막을 모르고 오리온을 도와주었던 헤파이스토스는 오이노피온에게 미안한 마음이 들어 그를 지하의 방에 숨겨주었다. 그렇게 하여 오리온의 복수는 다행히 멈출 수 있게 되었다.

오리온은 그 길로 크레타 섬으로 건너갔다. 오리온이 섬에 나타나자 섬에 있던 모든 여인들은 그에게 시선을 빼앗겼다. 우람한 체격, 균형 잡힌 몸매, 아름다운 용모를 갖춘 오리온은 누가 보아도 사랑에 빠질 만한 호남이었다. 그런 그에게 냉담한 이는 단 한 명뿐이었다. 바로 사냥의 여신 아르테미스였다. 오리온 또한 사냥꾼이었던지라 여신 아르테미스와 함께 종종 사냥을 즐길 일이 생겼다. 도도하면서도 당찬 아

르테미스의 매력에 푹 빠진 오리온은 그녀를 만날 때마다 조심스레 사
랑을 고백했다. 아르테미스도 그런 그가 싫지는 않았으나 여신이 인간
과 사랑에 빠지는 건 수치스러운 일이라는 생각에 애써 감정을 감췄
다. 그런 그들의 관계가 한순간 완전히 뒤바뀌는 일이 일어났는데, 이
는 바로 에오스의 격렬한 욕정에서 비롯되었다.

　어느 날, 해가 뉘엿뉘엿 서산으로 기울던 무렵에 에오스가 바닷가를
찾아 홀로 외로움을 달래고 있었다. 그날따라 물결 위를 곡예 하듯 날
아든 물새들의 노랫소리가 더욱 구슬프게 들려왔다. 한참
을 그 소리를 들으며 넋을 잃은 듯 앉아 있던 에오스는
언덕 너머로 들리는 어떤 남녀의 웃음소리에 놀라 자
리에서 일어났다. 이에 그 소리를 따라 언덕으로 올
라가보니, 그곳에는 우람한 체격의 사내가 아
름다운 여신과 함께 즐거이 사냥
을 하고 있었다. 이 두 남녀를 바
라보던 에오스의 눈동자가 순간 새벽별
처럼 반짝였다. 저 매력적인 사내를 자신의 남자로
만들어야겠다는 묘한 오기가 발동한 것이다. 그 남자
는 바로 오리온이었고, 그에게 사랑을 받고 있는 여신

사냥의 여신 아르테미스
늘 숲속에서 지냈던 사냥의 여신 아르테미스는 손에서
항상 활을 놓지 않았는데, 그 화살로 사냥감은 물론이거니와 처녀성을 잃은
여인들을 쏘기도 했다.

은 아르테미스였다.

올림포스 12신 가운데 한 명인 아르테미스는 수렵과 궁술을 책임진 여신으로, 에오스로서는 벅찬 상대일 수밖에 없었다. 하지만 아르테미스는 처녀성을 잃은 여인들에게 가차 없이 화살을 날릴 정도로 순결을 중시하는 여신이었기에, 때문에 에오스는 오히려 너무나 쉽게 오리온을 유혹할 수 있을 것 같다는 생각이 들었다. 그때부터 에오스는 오리온과 은밀한 곳에서 마주칠 수 있도록 기회를 엿보았다.

그러던 어느 날, 오리온은 여느 때와 마찬가지로 아르테미스와 사냥을 나누면서 그녀에게 자신의 사랑을 고백했다. 하지만 아르테미스는 오리온의 마음을 쉽사리 받아주지 않았다. 이에 풀이 죽은 오리온은 숲속으로 들어가 홀로 자신의 신세를 한탄하고 있었다. 이를 엿보던 에오스는 오리온에게 다가가 부드러운 목소리로 말을 걸었다. 자신에게 다가온 어떤 여자든 마다하지 않았던 오리온의 예전 버릇은 첫 번째 아내 시테의 죽음 이후로 다시금 시작되었다. 더군다나 아르테미스가 자신에게 넘어올 듯하면서도 좀처럼 몸과 마음을 열지 않자 대신 다른 여자를 만나고 싶다는 생각까지 들었던 오리온이었다. 그런데 매혹적인 여신이 자신에게 먼저 다가오다니, 오리온은 기쁜 마음에 그녀의 유혹에 스스로 걸려들었다. 이 두 남녀는 그동안 참았던 정염을 불태우며 사랑을 나누었다.

오리온은 에오스와의 밀회를 즐기고 난 뒤 다시 아르테미스에게 돌아가서 시침을 떼고는 사냥에 열중했다. 그런 오리온의 이중생활은 한동안 계속 이어졌는데, 이를 드디어 아르테미스가 알게 되었다. 그런데 오히려 아르테미스는 묘한 질투감에 휩싸였다. 자신에게 영원한 사랑을 맹세하던 오리온이 다른 여신의 유혹에 넘어갔다는 사실이 믿겨지지 않았던 아르테미스는 다시 그의 마음을 돌려놓기 위해 그의 사랑을 받아들였다. 그 후 아르테미스는 오리온의 매력에 차츰 눈을 뜨게 되었다. 이렇듯 에오스의 남성 편력이 오히려 아르테미스와 오리온의 사랑을 이어주게 된 것이다.

오래지 않아 아르테미스와 오리온이 결혼할 것이라는 소문이 퍼져나갔다. 이 소문은 아르테미스의 오빠 아폴론의 귀에까지 흘러갔다. 아폴론은 오리온의 지난 과거를 모두 알고 있었던 터라 여동생이 그와 결혼하는 것을 몹시 반대했다. 아폴론은 아르테미스를 불러 수차례 타일렀지만, 다시금 연적에게 오리온을 빼앗기기 싫었던 그녀는 오빠의 충고를 그저 흘려들었다.

이에 아폴론은 어떤 수를 써서라도 오리온과 그녀를 떼어놓기 위해 기회를 엿보며 오리온의 일거수일투족을 감시했다. 그러던 어느 날, 머리를 물 밖으로 내놓은 채 바다를 건너고 있는 오리온의 모습이 하늘을 날고 있던 아폴론의 눈에 들어왔다. 그러자 아폴론은 서둘러 아르테미스에게 찾아가 슬며시 약을 올리며 이렇게 말했다.

"아르테미스! 모처럼 이 오빠와 활 시합이나 하자꾸나. 네가 활을 아무리 잘 쏜다고는 하지만 네 솜씨로는 저 바다 위에 떠다니는 검은 물체를 맞힐 수는 없을 테지?"

이에 승부욕이 발동한 아르테미스는 오빠가 가리킨 바닷가를 향해 눈을 돌렸다. 너무 멀리 있어서 그 물체가 오리온의 머리라고는 꿈에

■■■■■ 사냥을 끝내고 잠시 쉬고 있는 아르테미스
평생 독신으로 살아가려고 마음 먹었던 아르테미스의 마음을 열었던 인물이 오리온이다. 그러나 그녀의
오빠 아폴론의 계략으로 그녀는 사랑하는 이를 자신의 손으로 죽이고 말았다.

도 생각 못한 아르테미스는 오빠를 향해 싱긋 웃어보이고는 의기양양
하게 활시위를 당겼다. 시위를 떠난 화살은 먼 바다를 가르며 그 검은
물체에 명중했다. 이를 지켜보던 군중들은 그녀의 뛰어난 활솜씨에 놀
라 모두들 환호성을 내질렀다. 아폴론도 아르테미스에게 아낌없이 박
수를 쳐주었다. 그런데 잠시 후 출렁거리는 파도와 함께 그 검은 물체
가 해변으로 밀려들어왔다. 아르테미스가 다가가 자세히 살펴보니, 아
뿔사! 그녀의 연인 오리온의 시신이었다.

그녀는 자신의 어이없는 행동에 기가 막혔다. 평생 독신을 고집하며

오 리 온
♋
아르테미스

처녀로 살겠다고 마음먹었던 그녀의 마음을 처음으로 열어주었던 첫사랑의 남자를 자신의 손으로 죽였다는 사실에 울음을 멈출 수 없었다. 그녀는 한참을 통곡한 후에 잠깐이었지만 진심으로 사랑했던 오리온을 하늘에 올려 보내 별자리로 만들어주었다.

하늘로 올라간 오리온은 사냥꾼이었던 생전의 모습 그대로 허리띠와 칼을 차고, 사자의 모피를 몸에 두르고, 곤봉을 손에 쥔 채 자신이 머무를 곳을 찾아 헤맸다. 그의 뒤를 사냥개인 세이리오스가 따랐다. 세이리오스는 결국 우리가 시리우스라고 부르는 개자리가 되었다.

그러나 아르테미스의 애틋한 마음에도 불구하고 오리온은 하늘에서도 여자 뒤를 따라다니는 버릇을 고치지 못했다. 아르테미스는 오리온이 하늘에서 심심하지 않게 사냥을 즐길 수 있도록 사냥 도구와 님프들을 보내주었는데, 오히려 오리온은 님프들을 쫓아다니며 여자 사냥에 나섰던 것이다. 아틀라스의 딸들인 일곱 자매 플레이아데스는 그러한 오리온이 무서워 제우스에게 찾아가 자신들을 구해 달라고 부탁했다. 이를 불쌍히 여긴 제우스는 그녀들을 비둘기로 변신시켜 하늘의 별자리가 되게 해주었다.

지금도 겨울철 밤하늘을 올려다보면 가장 빛나는 별자리인 오리온의 모습을 확인할 수 있다. 그리고 그 곁에는 오리온을 따라다녔던 그의 충실한 사냥개 세이리오스와 플레이아데스성단이 반짝이는 모습을 볼 수 있다.

아폴론과 카산드라

트로이의 마지막 왕 프리아모스는 아리스베라는 여인과 결혼했으나, 새로운 여인 헤카베와 사랑에 빠져 아리스베를 페르코테의 왕 히르타코스에게 넘겨주고는 자신은 새로운 연인과 재혼했다. 이런 우여곡절 끝에 새로운 가정을 이룬 헤카베와 프리아모스는 무척이나 금슬이 좋았다. 그 결과 열 명이 넘는 아이들을 낳았는데, 그 가운데 카산드라라는 딸이 가장 아름다웠다. 카산드라는 이란성 쌍둥이로 태어났으며, 헬레노스가 그의 쌍둥이 남매이다. 쌍둥이였던 이 둘은 어떤 형제자매보다도 사이가 돈독해, 어디를 가든 늘 함께했다.

그러던 어느 날, 이 쌍둥이 남매는 여전히 둘이서만 이곳저곳을 돌아다니며 장난을 치다가 아폴론 신전에 들어가게 되었는데, 잠시 이곳에서 잠이 들었다. 그렇게 잠이 든 이 아이들을 아폴론의 뱀들이 지켜보았다. 너무나 귀엽고 예쁜 이 남매의 모습에 반한 아폴론의 뱀들은 이들의 귀와 입을 핥아주며 귀여워했다. 잠이 깬 남매는 자신들에게 신이한 능력이 생긴 것을 알게 되었다. 바로 앞날을 내다볼 수 있는 예언 능력이 생긴 것이다.

카산드라는 그런 신이한 능력뿐만 아니라 아름다움까지 갖춰 많은 남성들이 연정을 품었다. 커갈수록 아름다움이 점점 빛을 발하는 카산드라의 곁에는 그녀가 원하는 일이라면 그 어떤 일도 마다하지 않겠다며 고백을 하는 남자들이 무수히 많았다. 그런 주변의 찬사와 사랑 때문인지 카산드라는 점점 도도해졌다.

어느 날, 태양을 주관하는 신이자 예언의 신인 아폴론이 카산드라를 보게 되었다. 아름다운 카산드라의 얼굴을 보는 순간 그녀에게 흠뻑 빠진 아폴론은 그녀를 품에 안고 싶어 안달이 났다. 당시 아폴론은 많은 여인들에게 사랑을 고백했지만, 그의 사랑을 받아준 여인은 단 한 명도 없었다. 이에 아폴론은 이번에는 무작정 달려들 게 아니라 선물로 카산드라를 유혹해야겠다고 다짐하며 그녀에게 다가섰다.

"카산드라여! 그대에게 예언의 능력이 있다는 것을 알고 있네. 하지만 그 능력은 별 것 아닐세. 만일 그대가 나와 하룻밤을 함께 보낸다면 더 강력한 예언 능력을 선물하도록 하지."

아폴론은 많은 인간들이 자신을 찾아와 앞으로 어떤 일이 일어날지 예언을 부탁한 바 있고, 신의 축복을 받아 그런 예언 능력을 가진 자를 인간들이 경외한다는 사실을 잘 알고 있었기에 그녀가 분명 자신의 요

신화의 숲에서
사랑을 만나다

님프들에 둘러싸인 아폴론
태양과 예언의 신인 아폴론은 그동안 많은 여인들을 탐했지만, 그의 사랑을 받아들인 여인은 단 한 명
도 없었다.

구에 응할 것이라고 생각했다. 때문에 그녀에게 미리 강력한 예언 능
력을 선물로 주었다. 하지만 카산드라는 아폴론의 이런 제안에 수치심
을 느꼈는지 얼굴이 붉게 달아올랐다. 이런 카산드라를 본 아폴론은
오히려 부끄러워하는 그녀의 모습이 매력적으로 느껴졌다. 아폴론은
그녀가 자신을 뿌리치면 뿌리칠수록 더욱 열정이 훨훨 타올랐다. 때문
에 아폴론은 더욱 그녀에게 치근덕거렸다. 그러나 아폴론의 어떤 말로
도 카산드라는 넘어가지 않았다.

"당신께서 아무리 제게 좋은 선물을 주신다 해도 마음이 가지 않는

걸 어떡해요. 그리고 전 함부로 몸을 파는 여인이 아니랍니다. 그러니 다른 여인을 찾던지 하세요."

아폴론은 마지막 남은 자존심까지 짓밟는 카산드라를 더 이상 참고 볼 수 없었다. 아폴론은 화를 버럭 내며 그녀를 밀쳐 넘어뜨리고 말았다. 아폴론의 인내도 한계에 달했다. 그는 잔뜩 화가 난 목소리로 그녀에게 이렇게 말했다.

"내 너를 어여삐 여겨 예언의 능력을 주었지만 지금 그 능력을 다시 빼앗을 수는 없는 일이다. 하지만 네가 아무리 진실한 예언을 해도 아무도 네 말을 믿지 않게 할 것이다."

그 말을 들은 카산드라는 앞으로 자신에게 어떤 일이 생길지 당시로서는 가늠조차 하지 못한 채 일단 집으로 돌아왔다. 카산드라는 갑작스러운 일에 놀랐는지 한동안 잠에 취해 있었다. 그런 뒤 반쯤 눈을 감은 채 알 수 없는 말을 읊조리며 방안을 빙빙 돌았다. 이런 모습을 지켜본 가족들은 그녀가 미친 것이 틀림없다며 걱정했다.

며칠 후 잠에서 깨어난 카산드라는 그때부터 수시로 미래에 일어날 일들을 이야기하곤 했다. 하지만 아무도 그녀의 말을 믿지 않았다. 빤히 보이는 일들에 대해 아무리 이야기해도 누구 하나 그녀의 말에 귀 기울이는 사람이 없었다. 이런 카산드라의 저주받은 능력은 그녀가 트로이전쟁을 예언하면서부터 비극을 초래했다.

트로이를 함락하러 이곳을 찾은 그리스군은 거대한 목마를 남기고 철수하는 위장 전술을 폈는데, 여기에 속아 넘어간 트로이군은 목마를 성 안으로 들여놓고 승리의 기쁨에 취해 연회를 열었다. 그 목마 안에

신화의 숲에서
사랑을 만나다

그리스 군사들이 숨어 있음을 예언 능력을 통해 알게 된 카산드라는 제발 성 안으로 목마를 들여보내지 말라고 부탁했으나 그 누구도 이를 듣지 않았다.

결국 전쟁은 그리스의 승리로 돌아가고 말았다. 이에 왕족 신분에서 일순간에 노예가 된 카산드라는 트로이전쟁의 영웅 아가멤논의 전리품이 되었다. 아가멤논은 카산드라를 데리고 집으로 돌아가려고 했다. 그러나 카산드라는 집으로 돌아가면 필시 죽음을 맞게 될 것이라며 극구 아가멤논을 말렸다. 하지만 여전히 아폴론의 카산드라를 향한 저주는 풀리지 않았다. 다른 사람들과 마찬가지로 그녀의 말을 듣지 않았던 아가멤논은 집에 들어가자마자 아내 클리타임네스트라와 그녀와 밀회를 즐기던 정부의 칼에 맞아 카산드라와 함께 죽음을 맞이했다.

카산드라처럼 아폴론의 사랑을 거부하다 끔찍한 저주를 받게 된 또 한 명의 여인이 있다. 아폴론 신전의 무녀(巫女) 시빌레가 바로 그 주인공이다. 아폴론에게 예언의 능력을 얻은 시빌레는 신전을 찾은 사람들에게 예언을 해주며 사람들에게 많은 신임을 얻었다. 이런 시빌레를 지켜보던 아폴론은 자신과 사랑을 나누면 그녀가 원하는 어떤 소원이든 들어주겠다고 약속했다. 이에 시빌레는 손에 한 움큼의 모래를 쥐고 그 모래알의 수만큼 수명을 달라고 부탁했다.

그러나 마음이 바뀐 시빌레가 아폴론의 구애를 받아들이지 않았다. 그러자 화가 난 아폴론은 그녀에게 모래알의 개수인 천 년만큼의 수명은 주었으나 젊음은 선사하지 않았다. 시빌레의 늙는 속도는 다른 사람들과 다를 바 없었다. 때문에 수없이 오랜 세월동안 시빌레는 늙고

82

아폴론과 시빌레

아폴론의 구애를 저버린 시빌레는 그녀의 소원대로 천 년이라는 세월을 살았지만 영원한 젊음은 선물받지 못했다.

오그라든 모습으로 지내야만 했다. 세월이 흘러가면서 점점 몸이 오그라들어 작은 병에 들어갈 정도로 작아진 시빌레의 마지막 소원은 제발 편안한 죽음을 선물해 달라는 것이었다.

비운의 여인 카산드라에게는 파리스라는 이름의 오빠가 있었지만 그녀는 이 사실을 전혀 모르고 있었다. 그도 그럴 것이 이들의 부모 프리아모스와 헤카베는 파리스가 태어나자마자 깊은 산속에 그를 버렸기 때문이다. 파리스가 그런 운명에 처해지게 된 데에는 다음과 같은 사연이 있었다.

프리아모스와 결혼한 헤카베는 얼마 지나지 않아 아이를 임신했다. 그런데 임신 사실을 안 지 얼마 되지 않았을 무렵 헤카베는 태몽이라고 하기에는 너무나 기이한 꿈을 꾸었다.

"여보! 어젯밤 꿈이 너무나 불길해요. 글쎄 내가 아기를 낳았는데 사람이 아니라 활활 타오르는 횃불이더라고요. 그런데 그 횃불이 나무에 옮겨 붙더니 잠시 후 이 나라 전체를 태워버렸어요. 도대체 이게 무슨 꿈일까요?"

프리아모스는 별 것 아닐 거라며 아내를 위로했지만 마음 한구석에 남아 있는 불안한 마음을 지울 수는 없었다. 어느덧 시간이 흘러 헤카베의 출산 날짜가 코앞에 다가왔다. 그런데 헤카베는 과거의 기이했던 그 꿈과 비슷한 꿈을 또 다시 꾸게 되었다. 한 나무가 도시를 모두 불타오르게 하더니 갑자기 100개의 팔을 가진 괴물의 모습으로 바뀌는 것이었다. 이번에도 헤카베는 남편 프리아모스에게 이 꿈이 도대체 무엇을 상징하는지 모르겠다며 간밤의 꿈 이야기를 들려주었다. 너무나 걱정하는 아내를 달래주기 위해, 자신 또한 그 이유를 알 수 없는 불안감을 떨쳐내고자 프리아모스는 부하들에게 명령하여 트로이에서 가장 유명한 예언자를 불러들였다. 이윽고 프리아모스는 예언자에게 아내의 두 꿈 이야기를 들려주고는 예언을 청했다.

"그 꿈은 트로이의 파멸을 예고하는 꿈인 줄로 아뢰오. 얼마 후 당신들에게 사내아이가 태어날 텐데 그 아이를 즉시 죽여야만 트로이가 무탈할 것이오."

프리아모스 부부는 그 예언자의 말을 듣고 너무나 당황했지만 그럴 리 없을 거라며 애써 부인했다. 그런데 며칠 후 예언자의 말처럼 헤카베는 사내아이를 낳았다. 이 아이 때문에 트로이가 멸망할지 모른다는 생각에 프리아모스는 양치기 아게라오스를 불러들여 갓 태어난 아들을 이다 산으로 데려가 버리고 오도록 명했다. 양치기는 왕의 명대로 숲속에 아기를 버렸지만, 그로부터 닷새가 지났을 무렵 혹시나 하는 생각에 그는 이다 산을 다시 찾았다. 아기를 버렸던 장소를 뒤지던 양치기는 잠시 후 마주하게 된 엄청난 광경에 발걸음을 멈출 수밖에 없었다. 커다란 어미 곰이 새끼들에게 젖을 먹이고 있었는데, 그 가운데 자신이 버렸던 아기가 너무나 행복한 표정을 지은 채 다른 새끼 곰들과 함께 젖을 빨고 있었던 것이다.

이 모습을 한동안 숲에서 지켜보던 양치기는 어미 곰이 잠시 자리를 비우자 그 틈을 타 아기를 집으로 데려갔다. 왕이 이 사실을 알게 되면 아마도 자신은 목숨을 부지할 수 없을 것이라고 생각했지만, 이렇게 다시 만난 아기를 차마 산속에 다시 두고 올 수는 없었다. 양치기는 그 아기를 자신의 양자로 삼아 정성을 다해 키웠다.

파리스라는 이름을 얻게 된 이 아이는 잘생긴 청년으로 자라났다. 파리스는 양치기인 아버지의 일을 물려받아 그 또한 양치기가 되었는데, 양떼와 함께 너른 들판을 찾아 이곳저곳을 돌아다니는 일이 그에게는 천직처럼 느껴졌다. 그렇게 아름다운 청년으로 성장하던 그에게도 어느 날 사랑이 찾아왔다. 오이노네라는 님프가 파리스의 첫 번째 연인이 된 것이다. 파리스가 머물고 있는 이다 산에는 강물의 신 케블렌이 살고 있었는데, 그의 딸이 바로 오이노네였다. 그야말로 선남선녀였던 그들은 사랑에 빠진 지 얼마 되지 않아 결혼을 했고, 그 후로도 소박하고 아름다운 사랑을 이어갔다. 그러나 그들의 사랑은 파리스가 트로이 왕가의 아들이라는 신분이 밝혀지면서 새로운 국면을 맞이하게 되었다.

어느 날, 파리스의 친부 프리아모스는 영토를 확장한 기념으로 이

86

파리스와 오이노네
이들은 서로의 사랑이 영원할 것이라 믿어 의심치 않았지만 그 믿음은 세상에서 가장 아름다운 여인 헬레네의 등장으로 산산이 부서지고 말았다.

나라의 늠름한 청년들을 불러 모아 경기를 치르겠다고 공표하면서 우승자에게는 최고의 황소를 수여하겠다고 약속했다. 이에 좋은 황소를 구하기 위해 프리아모스의 부하들은 이다 산을 찾았는데, 파리스가 키우던 황소가 그들의 눈에 띄었다. 그런데 그 황소는 파리스가 매우 아

끼던 녀석으로 이에 파리스는 황소를 내주기 싫어 갖은 핑계를 대었
다. 하지만 그 황소가 왕이 개최하는 경기의 우승자에게 선사하는 상
품으로 쓰일 거라는 소식을 듣게 된 파리스는 자신도 그 경기에 참여
하겠다며 황소를 데리고 경기장을 찾았다. 왕의 부하들은 여자보다 더
고운 외모의 파리스가 경기 도중에 틀림없이 다치거나 목숨을 잃을지
도 모른다는 생각에 그를 만류했다. 하지만 파리스는 결과는 두고 보
라는 말만 내뱉을 뿐, 누구도 그의 의지를 꺾을 수는 없었다.

드디어 경기가 열렸다. 이 경기에는 프리아모스의 아들들도 참가했
다. 파리스는 그가 내뱉은 말을 증명이라도 하듯이 출중한 실력으로
상대를 하나하나 제압해 나갔다. 결국 그는 경기에서 우승하여 자신의
황소를 되찾았다. 이에 프리아모스의 아들들은 일개 양치기에게 자신
들이 패했다는 사실이 믿기지 않았던지 파리스에게 칼을 들고 달려들
었다. 너무나 놀란 파리스는 일단 제우스의 신전으로 피했다. 마침 그
곳에는 파리스의 친누이 카산드라가 제우스에게 기도를 올리고 있었
다. 예언의 능력을 아폴론에게 선물로 받았지만 그의 저주 때문에 아
무도 그녀의 예언을 믿어주지 않자 답답한 마음을 달래보려고 종종 이
신전을 찾곤 했던 것이다. 파리스가 신전으로 뛰어 들어오는 모습을
본 카산드라는 단번에 그가 자신의 친오빠임을 알아차렸다. 이에 카산
드라는 파리스의 목을 베려고 신전으로 들어온 그의 오빠와 동생들에
게 그가 자신들의 친형제임을 알려주었다. 그렇게 파리스는 왕자였던
자신의 신분을 되찾게 되었다.

파리스는 왕족으로서 화려한 삶을 누리기보다 자신의 아내와 함께

너른 들판에서 양떼와 살아가는 양치기의 신분이 더 좋았다. 때문에 그는 다시 이다 산으로 돌아갔다. 파리스의 아내 오이노네는 그런 그의 결단이 너무나 고마웠지만, 한편으로는 왕족의 신분을 되찾게 되어 어느 것 하나 부러울 것 없는 파리스가 언젠가 자신을 버릴지도 모른다는 불안감에 예언가를 찾아가 예언의 능력을 전수받았다. 그런 오이노네의 불안감은 적중하고 말았다. 그런데 이 부부의 파국은 바다의 여신 테티스의 결혼식이라는, 전혀 엉뚱한 곳에서 시작되었다.

인간 펠레우스와 결혼을 결심한 테티스는 자신의 결혼식에 올림포스의 신들을 초대했다. 그런데 테티스는 자신의 결혼식이 완벽하게 치러지길 바라는 마음에 불화의 여신 에리스는 초청하지 않았다. 그 사실을 전해 들은 에리스는 격분한 나머지 결혼식을 순식간에 망쳐놓을 만한 묘안을 떠올렸다. 테티스의 결혼식을 찾은 하객들이 앉아 있는 연회석 가운데에다가 '가장 아름다운 여신에게'라는 문구가 새겨진 황금 사과를 하나 던진 것이다. 그 사과를 발견한 여신들은 하나 같이 그 황금 사과의 주인공이 자신이라며 소리 높여 주장했다. 그들 중에서도 헤라와 아프로디테, 아테나는 미모에 있어서 둘째가라면 서러워할 만큼 자신감 넘치던 미의 여신들이었기에 조금도 물러서지 않았다. 결국 그들은 황금 사과의 주인인 가장 아름다운 여신을 가리는 일을 최고의 신 제우스에게 부탁했다.

판정을 맡게 된 제우스는 난감했다. 이 세 명의 여신들은 각자 나름의 특별한 아름다움을 지니고 있어서 누가 더 아름답다고 규정하기 어려웠다. 때문에 제우스는 헤르메스를 불러 이 일을 의논했다. 지혜가

■■■■■■■ **아름다움을 뽐내는 세 여신**
가장 아름다운 여신에게 주어진 황금 사과를 받기 위해 헤라, 아프로디테, 아테나가 파리스 앞에 나서
서 아름다움을 뽐내고 있다.

뛰어났던 헤르메스는 선택되지 못한 다른 여신들의 미움을 받지 않고
도 그 문제를 해결할 방법을 찾아보았다. 이에 신들의 세계와 관계없
는 인간에게 판정을 맡기는 것이 좋겠다며 당대 가장 아름다운 남자로
꼽히던 파리스를 심판으로 추천했다. 그렇게 해서 헤르메스는 헤라, 아
테나, 아프로디테를 데리고 파리스가 머물고 있는 이다 산으로 향했다.

세 여신은 자신들의 자존심이 걸린 문제였기에 파리스를 매수하려
고 물밑 작업에 나섰다. 그리하여 이들은 파리스에게 자신을 뽑아준다
면 다음과 같은 선물을 주겠노라고 약속했다. 헤라는 전 세계의 왕을,

아테나는 모든 전쟁의 승리를, 아프로디테는 세상에서 가장 아름다운 여인을 각각 제의했다.

여신들의 제의를 받은 파리스는 잠시 고민했다. 모든 나라의 왕이 되는 것도, 전쟁을 할 때마다 승리하여 백성들의 환영을 받는 것도 더할 나위 없이 좋겠지만, 최고의 미인을 곁에 둔 자신의 모습을 머릿속에 그려보자 그보다 더 행복한 삶은 없을 것 같았다. 이에 파리스는 들고 있던 황금 사과를 아프로디테에게 건네주었다. 자존심이 짓밟힌 헤라와 아테나는 파리스를 흘깃 쳐다보고는 각자의 처소로 돌아갔다. 그러나 이런 두 여신보다 더한 아픔을 겪어야 했던 여인이 있으니 바로 파리스의 아내 오이노네였다.

아프로디테는 파리스에게 약속한 대로 세상에서 가장 아름다운 여인인 헬레네와의 결혼을 주선하겠다고 맹세했다. 그러기 위해선 그가 스파르타로 가야 했다. 헬레네는 스파르타의 메넬라오스 왕과 이미 결혼한 사이였기 때문이다.

어렸을 때부터 너무나 아름다웠던 헬레네는 메넬라오스와 결혼하기 전에 이미 테세우스에게 강제로 끌려가 결혼한 바 있다. 그러나 헤라클레스에게 구조되어 다시 스파르타로 돌아왔는데, 그 후로 혼자가 된 헬레네는 수많은 남자들에게 청혼을 받았다. 스파르타의 왕궁은 늘 청혼자들로 가득했다. 헬레네의 아버지 틴다레오스는 청혼자들 중에 마음에 든 사윗감이 있었지만, 만약 그를 선택하게 될 경우에 칼부림이 일어날 것은 당연한 일이었다. 이에 틴다레오스는 헬레네의 남편으로 선택된 사람의 생명을 반드시 지켜주겠다는 서약을 모든 청혼자들에

게 받은 뒤 스파르타의 최고 부자였던 메넬라오스에게 헬레네를 시집
보냈다.

　스파르타로 떠날 채비를 하는 파리스 앞에 두 여인이 막아섰다. 그
의 누이 카산드라와 아내 오이노네였다. 카산드라는 파리스가 헬레네
를 데려오면 머지않아 트로이가 멸망할 거라며 자신의 예언을 사람들
에게 이야기했지만, 아폴론의 저주 때문에 그 누구도 그녀의 예언을
믿지 않았다. 오이노네도 파리스를 막아서며 그가 헬레네를 얻게 되면
조만간 당신이 큰 부상을 입게 될 거라며 그의 스파르타 행을 말렸지
만, 단순히 아내가 질투 때문에 그렇게 얘기하는 것이라고 생각한 파
리스는 그녀에게 눈길조차 주지 않았다. 더 이상 그의 마음을 돌릴 수
없음을 깨닫게 된 오이노네는 만약 부상을 입게 되면 반드시 이다 산
으로 돌아오라는 당부만 남긴 채 홀로 산으로 돌아갔다.

　파리스는 아프로디테의 보호 아래 스파르타에 이르렀다. 자신의 아
내를 파리스에게 빼앗길 거라고는 상상조차 하지 않았던 스파르타의
왕 메넬라오스는 파리스 일행을 극진할 정도로 환대했다. 잠시 후 헬
레나와 마주하게 된 파리스는 매혹적인 그녀의 모습에 그야말로 숨이
멎을 것 같았다. 그런 파리스의 심정을 모를 리 없는 아프로디테는 자
신의 약속을 지키기 위해 서서히 움직이기 시작했다. 일단 아프로디테
는 헬레네에게 파리스를 향한 사랑의 감정을 싹트게 했다. 그 후 아무
리 제어하려고 해도 파리스를 향해 타오르는 연정을 억누를 수가 없었
던 헬레네는 파리스와 사랑을 나눌 기회만을 엿보게 되었다. 마침 메
넬라오스는 그의 할아버지의 장례식을 치르기 위해 크레타 섬으로 가

야만 했다. 메넬라오스의 부재가 파리스와 헬레네에게는 마음 놓고 사랑을 나눌 수 있는 절호의 기회였던 것이다.

그렇게 두 사람은 지금껏 경험해 보지 못한 황홀경에 빠져 하루하루를 보냈다. 이미 헬레네와 메넬라오스 사이에는 헤르미오네라는 어여쁜 딸이 있었지만 사랑에 빠진 여인에게는 아무것도 보이지 않았다. 파리스는 자신을 향한 그녀의 불타오르는 감정을 이미 알고 있었지만 짐짓 모른 척하며 그녀의 마음을 떠보았다.

"이제 나는 내 나라로 돌아가야겠소. 왕의 아내를 범했으니 아마도 나는 살아남지 못할 것이오. 그가 돌아오기 전에 하루라도 빨리 떠나는 게 좋을 것 같소."

그러자 헬레네는 눈물로 얼룩진 얼굴로 그를 바라보며 말했다.

"알고 있어요. 하지만 이제 당신 없이는 한시도 살 수 없어요. 당신이 어디를 가든 따라가겠어요. 저도 데려가 주세요."

아! 얼마나 고대했던 대답이었던가. 파리스는 아프로디테에게 다시 한 번 감사의 인사를 올린 후 서둘러 그녀와 함께 떠날 채비를 했다. 두 사람은 메넬라오스의 가장 값비싼 보석을 훔쳐 도주했다. 그 모습을 지켜보던 헤라는 파리스에 대한 앙심이 남아 있었기에 그들이 항해하던 바다에 폭풍을 보내어 사랑의 도피를 방해했지만, 다행히 아프로디테의 도움으로 사흘 만에 트로이로 귀환했다.

이들은 프리아모스에게 인사를 올린 뒤 그들의 결혼을 허락해 달라며 부탁했다. 왕은 원로들을 소집하여 이 사실을 알렸지만 모든 원로들이 이 결혼을 반대했다. 하지만 이들의 불붙은 사랑은 누구도 꺼뜨릴 수 없었기에 모두의 만류에도 불구하고 결혼식을 올렸다.

한편 장례식을 마치고 돌아온 메넬라오스는 아내가 파리스와 함께 트로이로 도망쳤다는 소식을 들었다. 영원한 사랑을 맹세했던 그녀가 단 며칠 동안 만난 남자에게 반해 딸까지 버리고 도망갔다는 사실이 그로서는 도무지 믿겨지지 않았다. 이에 메넬라오스는 형인 미케네 왕 아가멤논을 필두로 왕비 탈환을 위한 전쟁에 필요한 군사들을 원조해 줄 것을 청했다. 그리고 우선 트로이에 사신을 보내 헬레네를 돌려줄 것을 요청했다.

헬레네를 돌려줄 것을 요구하는 외교적 교섭이 몇 년 동안에 걸쳐 이뤄졌다. 그러나 헬레네의 반환을 교섭하기 위해 트로이로 간 메넬라오스는 입성마저 거절당했다. 이에 스파르타로 돌아온 메넬라오스는 몇 년 동안 그리스 여러 왕국의 병사들을 모집해 대규모의 군대를 편성해 트로이를 침공했다. 이에 파리스와 프리아모스는 트로이의 성문을 굳게 걸어 잠그고 장기전에 돌입했다. 그러는 동안 헬레네는 안절부절 못했다. 파리스와 같이 도망친 일을 후회하기도 했다. 자신의 부질없는 사랑이 전쟁을 초래했다는 것이 믿기지 않았지만, 이미 전쟁은 돌이킬 수 없는 상황이 되고 말았다.

파리스는 자신 때문에 이런 전쟁이 일어나게 되었지만 어찌된 일인지 전투에 나서지 않았다. 아프로디테에게 황금 사과를 준 파리스에게 앙심을 품었던 전쟁의 여신 아테나가 그의 용맹함을 모두 앗아가 버렸기 때문이었다. 이 전쟁에서 파리스가 전면에 나선 것은 메넬라오스와의 맞대결뿐이었다. 그러나 파리스는 맥없이 피해만 다니다가 일격을

당해 쓰러지고 말았다. 의기양양해진 메넬라오스는 땅에 쓰러진 파리
스의 투구를 잡은 채 자신의 진영으로 질질 끌고 갔다. 이 모습을 지켜
보던 아프로디테는 파리스를 구하기 위해 주변을 아주 짙은 안개로 감
싸 버렸다. 안개로 인해 군사들이 혼란스러워 하는 틈을 타 아프로디
테는 파리스를 트로이 성 안으로 옮겼다.

　파리스는 헬레네를 만나기 위해 이다 산을 떠나던 날, 첫 번째 부인
이었던 오이노네가 상처를 입으면 자신에게 오라고 했던 말이 떠올랐
다. 이에 파리스는 부하들과 함께 이다 산으로 가 오이노네를 찾았다.
그들이 다시 재회한 것은 무려 19년 만이었다. 파리스가 떠날 때 그녀
가 했던 말처럼 오이노네는 이다 산을 떠나지 않고 있었다. 그러나 잠
시 후 파리스의 생각은 착각이었음을 알게 되었다. 오이노네의 마음은
이미 차갑게 변해 있었다. 오이노네의 싸늘한 시선과 마주한 파리스는
그녀를 찾아온 자신의 모습이 너무나 부끄러웠다. 파리스는 지난날을
반추해 보며 그저 씁쓸한 미소를 지을 뿐이었다. 오이노네는 파리스를
문전박대하여 보냈지만 파리스에 대한 연민은 남아 있었다. 그녀는 그
를 그냥 보낸 것이 후회가 되어 산을 내려갔다. 하지만 이미 파리스는
이 세상 사람이 아니었다. 그녀는 파리스를 죽게 내버려두었다는 죄책
감에 슬픔을 이기지 못하고 목매어 자살했다.

　파리스가 죽자 당대의 관례대로 헬레네는 파리스의 동생인 데이포
보스와 결혼했다. 사랑 없이 이뤄진 결혼 생활에 지쳐간 헬레네는 점
점 그리스에서의 삶이 그리워졌다. 그래서인지 그녀는 스파르타에서
파병 온 오디세우스가 정찰을 위해 트로이 성 안으로 잠입했을 때, 그

군사들에게 끌려가는 헬레네
헬레네를 되찾기 위해 시작된 트로이전쟁은 결국 메넬라오스가 이끄는 그리스군의 승리로 끝이 났다.

를 알아보고도 밀고하지 않았다.

트로이와 그리스의 전쟁은 좀처럼 끝이 보이질 않았다. 그러던 어느 날, 그리스 군대가 하룻밤 사이에 모두 물러갔다. 그리고 그들이 떠난 자리에는 '고향으로 돌아가게 되는 감사의 선물로 아테나 여신에게 바친다'라고 적힌 대형 목마만이 남아 있었다. 트로이 군사들은 그들의 승리를 자축하고자 이 목마를 성 안으로 들여와 흥겨운 잔치를 벌였다. 이 모습을 지켜보던 카산드라는 그 목마가 트로이의 멸망을 가져올 것이라며 자신의 예언을 사람들에게 알렸지만 여전히 사람들은 카산드라의 말을 듣지 않았다.

성 안의 잔치가 끝나갈 무렵, 트로이 군사들은 모두 술에 취해 잠들어 있었다. 이때 목마 안에 숨어 있던 그리스 군사들이 쏟아져 나와 그들과 격렬한 전쟁을 치렀다. 이런 혼란 속에서 헬레네의 전 남편인 메넬라오스와 현재의 남편인 데이포보스가 대결하게 되었다. 옛 남편을 본 헬레네는 마음이 울렁거렸다. 그에 대한 죄책감이 갑자기 솟구쳐오기도 했다. 결국 헬레네는 메넬라오스가 수세에 몰렸을 때 그를 도와 현재의 남편인 데이포보스를 죽게 만들었다.

이렇게 하여 그리스와 트로이의 전쟁은 트로이의 함락으로 일단락되었다. 카산드라의 예언처럼 트로이가 점령되어 성이 온통 불에 타오르고 있을 때, 이 전쟁에 참여했던 그리스군 대장 아이아스는 아테나 신전에 숨어 있는 카산드라를 발견했다. 카산드라의 아름다움에 취한 아이아스는 문득 욕정이 솟구쳤다. 그는 그곳이 신전이라는 것도 의식하지 못한 채 그녀를 끌어내려 강제로 범했다. 그 바람에 아테나의 신상이 쓰러졌는데, 이 소식을 듣게 된 아테나는 분노한 나머지 자신을 모독한 그리스인들에게 저주를 내려 그리스로 돌아가던 많은 군사들이 목숨을 잃고 말았다.

트로이가 함락된 후 메넬라오스와 헬레네는 다시 남은 생애를 함께했다. 여전히 아름다운 그녀를 보자 메넬라오스는 차마 그녀의 배신을 벌할 수가 없었다. 남자란 존재는 아름다운 여자에 대해서는 관대한 것인지, 그 또한 '여자의 과거는 용서할 수 있어도 못생긴 건 용서할 수 없다'는 요즘 말처럼 그녀를 다시금 아내로 받아들였다.

스파르타로 돌아간 헬레네는 그와 함께 오랫동안 행복하게 살았지만 메넬라오스가 먼저 죽게 되자 그녀의 남은 생애는 보장받을 수 없게 되었다. 그리스의 모든 남자들이 헬레네의 매력에 빠져 있었지만, 그녀의 두 아들만은 예외였다.

자신의 두 아들에게 쫓겨 달아나던 헬레네는 어릴 적 친구인 폴릭소를 찾아갔다. 폴릭소는 트로이전쟁으로 인해 자신의 남편을 잃었지만, 어릴 적 인연을 생각해 헬레네를 따뜻하게 받아주었다. 하지만 폴릭소의 시녀들은 그렇지 않았다. 그들의 남편이 헬레네 때문에 죽었다는 생각에 분노가 치민 그녀들은 헬레네를 나무에 매달았다. 그렇게 나무에 매달린 채 헬레네는 생의 마지막 순간을 맞이했다. 그녀가 매달려 죽은 나무는 아직도 로도스 섬에 남아 있다고 하는데, 지금도 '헬레네 나무'라는 이름으로 숭배되고 있다고 한다.

헬레네를 되찾기 위한 트로이전쟁을 앞두었을 무렵 그리스의 용맹한 군사들이 한 명도 빠짐없이 소집되었다. 뛰어난 전략가로 꼽히던 이타케 섬의 왕자 오디세우스 역시 이 전쟁에 빠져서는 안 될 인물이었다. 하지만 오디세우스는 사랑하는 아내 페넬로페와 아들 텔레마코스가 눈에 밟혀서 어떻게든 이 전쟁에 참여하지 않기 위해 미친 척 연기를 했다. 이런 오디세우스를 시험하기 위해 팔라메데스 장군이 그의 집을 찾아왔는데, 마침 오디세우스는 쟁기를 물린 소를 데리고 한가로이 밭을 갈고 있었다. 그런데 오디세우스는 쟁기로 간 밭에다가 씨앗 대신 소금을 뿌리며 미친 척했던 것이다. 이에 팔라메데스는 오디세우스의 쟁기 앞에 그의 아들 텔레마코스를 놓았는데, 그러자 오디세우스는 아들이 있는 곳을 피해 쟁기질을 했다. 이로써 오디세우스의 연기는 탄로가 났고, 결국 그는 팔라메데스 손에 이끌려 트로이 원정길에 오르게 되었다.

오디세우스는 트로이전쟁에서 그 누구보다도 눈부신 활약을 펼쳤다. 그리스 군사들을 목마에 숨겨 트로이 성을 함락시키게 한 지략이 바로 오디세우스의 머리에서 나온 것이다. 전쟁을 승리로 이끈 오디세우스는 일행과 함께 서둘러 가족이 있는 이타케 섬으로 가기 위해 항해에 올랐다. 그러나 거센 풍랑을 만나 9일 동안 표류하던 오디세우스 일행은 로토파고스라는 부족이 살고 있는 나라에 불시착했다. 이곳의 주민들은 오디세우스 일행에게 음식을 대접했는데, 이 음식에 들어 있는 로토스는 모든 것을 잊고 황홀경에 빠지게 하는 마약과도 같은 식물이었다. 이를 모르고 먹은 몇몇 사람들은 고향에 남겨진 가족들을 모두 까맣게 잊어버리고 이곳 주민들과 살겠다면서 절대로 걸음을 떼지 않았다. 이에 오디세우스는 이들을 억지로 배에 끌고 와 쇠사슬로 묶은 채 서둘러 길을 떠났다.

그렇게 다시 오디세우스 일행은 고향을 향해 배를 띄었지만 또 다시 풍랑을 만나 키클롭스의 나라에 머물게 되었다. 키클롭스는 외눈박이 거인족으로, 이들 부족은 두 개의 눈 대신 이마 가운데에 하나의 눈이 박혀 있었다. 동굴에 사는 키클롭스는 무수히 많은 양을 키워 그 양과 양젖을 식량으로 삼았는데, 오디세우스 일행이 발견한 한 동굴 안에도 셀 수 없이 많은 양과 양젖, 잘 손질된 양고기들이 쌓여 있었다. 이를 보고 배고픔을 참지 못한 일행은 서둘러 그 음식들을 먹었는데, 그 사

이에 이 동굴의 주인인 폴리페모스
라는 키클롭스가 돌아왔다.

폴리페모스는 동굴에 들어서자
마자 입구를 돌로 막은 뒤 저녁거
리를 준비했다. 그런데 그의 눈에
양떼 사이에 숨어 있는 오디세우스
일행이 들어온 것이다. 폴리페모스
는 그 커다란 눈을 부라리며 "어디
서 온 작자들인데 이렇게 숨어 있
는 거냐!"며 호통을 쳤다. 이에 오
디세우스는 이렇게 답했다.

"우리들은 트로이에서 큰 공을
세운 그리스 영웅들이오. 고향으로
돌아가는 길에 풍랑을 맞아 잠시
이 섬에 표류하게 되었는데, 호의
를 베풀어주었으면 좋겠소."

그러나 폴리페모스는 오디세우

외눈박이 폴리페모스
폴리페모스는 외눈박이 거인으로, 그가 어릴 적에 앞으로
오디세우스 때문에 장님이 될 것이라는 신탁을 받은 적이
있다.

스의 말이 같잖은 듯 비웃더니, 그의 부하 두 명을 한 손으로 들어 힘
껏 동굴 벽에 내던졌다. 온몸이 과자처럼 바스러진 두 부하를 폴리페
모스는 맛있게 먹은 뒤 아무 일도 없었다는 듯 태연하게 잠을 청했다.
잠이 든 폴리페모스를 바라보며 오디세우스는 고민에 빠졌다. 지금 당
장 폴리페모스를 죽이면 동굴의 입구를 막은 거대한 바위를 치울 수

없기에 그들도 동굴에 갇혀 죽게 될 게 분명했다. 때문에 오디세우스
는 남은 부하들과 함께 무사히 탈출할 수 있는 방법을 찾느라 날이 밝
을 때까지 고민에 빠졌다.

다음 날 아침, 폴리페모스는 어제 저녁과 마찬가지 방법으로 두 명
의 부하를 먹었다. 그리고는 입구의 바위를 치워 양떼를 내보낸 뒤 자
신도 밖으로 나간 후에 다시 입구를 막았다. 폴리페모스가 사라지자
오디세우스는 일단 무기로 쓸 만한 물건을 찾느라 동굴을 둘러보았다.
그런 그의 눈에 폴리페모스가 지팡이로 쓰려고 뽑아온 나무 한 그루가
눈에 띄었다. 오디세우스는 부하들과 함께 그 나무의 뿌리 부분을 뾰
족하게 깎은 뒤 폴리페모스가 발견하지 못하도록 짚더미 속에다 감추
었다.

저녁이 되자 폴리페모스가 다시 양떼를 몰고 동굴로 들어왔다. 아침
과 마찬가지로 폴리페모스는 두 명의 부하를 저녁으로 먹었다. 그가
식사를 거의 마쳤을 무렵, 오디세우스는 그에게 술 한 통을 내밀며 이
렇게 말했다.

"이것은 인간들이 마시는 술이라는 것이오. 특히 고기를 먹은 뒤에
마시면 그 맛이 더욱 훌륭하다오."

귀가 솔깃해진 폴리페모스는 그가 건넨 술 한 통을 다 마신 뒤에도
입맛에 맞았던지 계속해서 더 달라고 요구했다. 어느새 얼큰하게 취한
폴리페모스는 오디세우스에게 술을 준 대가로 그를 가장 나중에 잡아
먹겠다고 약속하면서 그의 이름을 물었다.

"내 이름은 우티테스요. 이를 꼭 기억해 주길 바라오."

오디세우스
⊛
페 넬 로 페

우티테스는 '아무도 아닌'이라는 뜻으로, 이렇게 거짓 이름을 말해 준 것은 오디세우스의 다음 계획을 위해서였다. 술에 취해 깊게 잠이 든 폴리페모스를 확인한 오디세우스 일행은 미리 만들어둔 나무 송곳의 끝을 불에 달구어 이를 폴리페모스의 눈에다 찔러 넣었다. 갑작스러운 고통에 놀라 잠이 깬 폴리페모스는 아무것도 보이지 않자 비명을 질러 다른 동굴에 사는 키클롭스들을 불러들였다. 그 사이 오디세우스 일행은 양떼 사이로 들어가 몸을 숨겼다.

폴리페모스의 친구들은 그에게 도대체 무엇 때문에 이렇게 비명을 지르게 된 건지 물어보았다. 이에 폴리페모스는 '아무도 아닌 게(우티테스)' 이렇게 자신에게 고통을 주고 있다며 억울함을 호소했지만, 친구들은 도대체 영문을 모르겠다는 표정으로 이렇게 말했다.

"자네를 그렇게 만든 게 아무도 아니라면(우티테스) 이는 아마도 제우스 신께서 노하셨기 때문일 걸세. 그러니 그저 고통을 참을 수밖에."

그런 뒤 폴리페모스의 친구들은 모두 각자의 동굴로 돌아갔다. 결국 홀로 남은 폴리페모스는 친구들의 말대로 꾹 아픔을 참으며 아침이 오기를 기다렸다. 눈이 보이지 않는 폴리페모스는 양떼에게 먹이를 주기 위해 입구의 바위를 열었는데, 혹시 이 틈을 타 오디세우스 일행이 도망갈지도 모른다는 생각에 밖으로 나가는 양을 하나씩 쓰다듬어 보았다. 그런데 이를 예상했던 오디세우스는 부하들에게 양의 등이 아닌 배에 매달리도록 명했는데, 역시나 폴리페모스는 양의 등만을 쓰다듬었을 뿐 배까지는 손을 대지 않았던 것이다. 오디세우스의 기지로 이렇게 동굴을 빠져나온 그들은 함께 밖으로 나온 양떼를 몰고 배를 탔

다. 배에 돛을 올려 어느 정도 해안을 벗어나자 오디세우스는 폴리페
모스에게 이렇게 소리쳤다.

"네 이놈, 폴리페모스야! 사람을 잡아먹는 그런 흉악한 짓을 일삼더
니 결국 이렇게 벌을 받게 된 것이다. 지금 네 꼴을 이렇게 만든 건 바
로 나, 오디세우스이다. 이 이름을 명심하도록 해라."

그의 말을 들은 폴리페모스는 그제야 자신이 오디세우스에 의해 눈
이 멀게 될 거라는 신탁이 떠올랐다. 이에 분을 참지 못한 폴리페모스
는 해안가의 커다란 돌을 집어 들어 소리 나는 쪽을 향해 던졌다. 그러
나 그 돌은 배를 맞추지 못한 채 거친 파도를 만들었는데, 때문에 오디
세우스 일행이 타고 있던 배가 파도에 휩쓸려 뭍으로 돌아왔다. 다시
겨우 바다로 빠져나온 일행은 다들 온 힘을 다해 고향을 향해 노를 저
었다. 그러나 그들의 고향으로 향한 길은 풍랑의 연속이었다. 장님이
된 폴리페모스가 자신의 아버지 포세이돈에게 복수를 부탁했기 때문
인데, 바다의 신 포세이돈은 아들의 부탁대로 오디세우스 일행이 가는
길마다 거친 파도를 만들어 그들의 귀향을 방해했다.

키클롭스의 나라를 떠난 그들이 다음으로 도착한 곳은 아이올리아
섬이었다. 그 섬에는 바람의 신 아이올로스와 그의 아들과 딸이 살고
있었다. 아이올로스는 과거에 트로이 원정을 떠나던 오디세우스를 환
송하며 그에게 축복을 빌어주었는데, 이렇게 다시 만나게 된 오디세우
스에게 이번에도 마찬가지로 축원을 아끼지 않았다. 게다가 포세이돈
의 저주로 인해 항해에 어려움을 겪고 있다는 사실을 알게 되자, 아이
올로스는 항해를 방해하는 역풍을 주머니에 담아 은으로 만든 사슬로

오디세우스에게 돌을 던지는 폴리페모스

폴리페모스가 던진 돌은 오디세우스를 맞추지는 못했지만, 폴리페모스의 아버지 포세이돈의 저주로 오디세우스는 고향으로 향하는 항해 동안 계속해서 풍랑을 만나게 된다.

105

묶어 이를 오디세우스에게 건네주었다. 이 주머니를 풀기 전까지 그가 가는 길에는 순풍만이 함께할 것이라며 오디세우스를 격려해 주었다.

그렇게 아이올로스의 도움으로 노를 젓지 않고도 편안한 항해를 하게 된 오디세우스는 잠시 후면 고향에 돌아갈 수 있다는 생각 때문이었는지 자신도 모르게 잠이 들고 말았다. 그런데 그동안 오디세우스의 부하들 사이에서 작은 소란이 일어났다. 아이올로스가 오디세우스에게 준 선물이 세상에 둘도 없는 보물이냐 아니냐 하는 게 그 논란의 중심이었다. 결국 호기심을 참지 못한 부하들이 역풍이 담겨 있는 주머니를 풀었는데, 은사슬이 풀리는 순간 역풍이 휘몰아쳐서 그들이 타고 있던 배가 순식간에 아이올리아 섬으로 되돌아가고 말았다.

이러한 사정을 알게 된 아이올로스는 분노하며 이렇게 말했다.

"인간들이여! 나의 호의를 이렇게 한갓 어리석음으로 대신하다니! 다시는 인간들에게 그 어떤 도움도 주지 않을 것이요."

결국 그들은 다시금 힘겹게 노를 저어 아이올리아 섬을 빠져나왔다. 그렇게 겨우 빠져나온 오디세우스 일행은 잠시 후 도착한 섬에서 사람을 잡아먹는 라이스트리고네스 족을 만났는데, 결국 오디세우스가 타고 있던 배의 일행만이 목숨을 구할 수 있었다.

그런 뒤 다시 그들은 한 섬에 도착했는데, 아이아이라는 이름의 섬이었다. 부하 대부분을 잃었던 얼마 전의 참사를 다시 겪게 될까 두려웠던 오디세우스는 몇 명의 대원을 선별하여 섬이 안전한지 먼저 둘러보고 오라고 명령했다. 에우릴로코스를 대장으로 삼아 길을 떠난 이들은 잠시 후 언덕 위에 지어진 멋진 궁전에 도착했다. 그러나 그 궁전의 입구를 늑대와 사자들이 에워싸고 있었기에 그들은 다가서지 못하고 머뭇거렸다. 에우릴로코스는 섬을 빨리 빠져나가야겠다고 마음을 먹고 뒤를 향해 돌아섰는데, 그 순간 궁전의 문이 열리며 그곳에서 아름다운 음악 소리가 흘러나왔다.

그 소리를 들은 일행은 무언가에 홀린 듯이 궁전 안으로 들어섰다. 그런데 입구를 막고 있던 야수들은 걱정했던 것과는 달리 너무나도 얌전히 길을 비켜주었다. 그 궁전에는 마녀 키르케가 살고 있었는데, 그녀는 환한 미소를 지으며 일행을 환대했다. 이상한 기분이 든 에우릴로코스는 다급히 몸을 숨겼는데, 이에 반해 다른 부하들은 키르케의 미소에 넘어가 그녀가 권하는 술과 음식을 기꺼이 먹었다.

한 상 그득하게 차려진 음식을 게걸스레 먹는 그들을 흐뭇하게 바라보고 있던 키르케는 갑자기 지팡이를 들어 그들의 머리를 차례로 건드렸다. 그런데 지팡이가 지나간 자리에는 부하들 대신 살이 통통하게 오른 돼지만이 남아 있었다. 키르케는 돼지로 변한 부하들을 우리에 가두며 너무나 기쁜 듯 미소 지었다.

이를 숨어서 지켜보고 있던 에우릴로코스는 오디세우스에게 돌아가 그간에 있었던 일들에 대해 낱낱이 고했다. 이에 놀란 오디세우스는 부하들을 구하기 위해 혼자 길을 떠났다. 오디세우스는 키르케의 궁전으로 가는 동안 부하들을 구해 낼 수 있는 방법을 고민했지만 딱히 떠오르는 답이 없었다. 그런데 한 젊은이가 다가와 오디세우스에게 키르케를 무찌를 수 있는 방법이 있다며 다짜고짜 이야기를 꺼냈다. 알고 보니 그 청년은 제우스의 전령 헤르메스였다. 그는 키르케가 마법을 쓰기 때문에 아무런 준비 없이 간다면 틀림없이 그녀의 계략에 넘어가게 될 것이라면서, 오디세우스에게 몰리라는 약초를 선물했다. 이를 몸에 지니고 있으면 그녀가 어떤 마법을 쓴다 해도 걸려들지 않는다는 것이었다.

천군만마를 얻은 듯 힘을 얻은 오디세우스는 키르케의 궁전 문을 직접 열었다. 키르케는 낯선 손님에 놀랐지만, 또 한 마리의 돼지가 생겼다는 생각에 서둘러 음식을 준비했다. 이번에도 키르케는 맛있는 음식과 술을 오디세우스에게 권했다. 그는 모든 음식을 남김없이 먹은 뒤 감사의 인사를 전했다. 키르케는 이번에도 지팡이를 들어 오디세우스의 머리에 갖다 대었다. 하지만 오디세우스는 그녀가 내민 지팡이를 한 손으로 움켜쥔 뒤, 다른 손으로는 칼을 들어 그녀의 목을 겨눴다. 목숨이 위태로웠던 키르케는 그에게 목숨만은 살려달라며 애원했는데, 이에 오디세우스는 돼지로 변신한 부하들을 모두 사람으로 돌아오게 해주고 다시는 이런 짓을 하지 않겠다는 약속을 받아냈다.

키르케는 그와의 약속을 지켰으며, 또한 그들이 이 섬에 머무는 동안 정성을 다해 보살펴주었다. 그런데 오디세우스는 좀처럼 다시 항해에 나설 생각을 하지 않았다. 게다가 그는 키르케와 연인 사이가 되었는데, 그 둘 사이에서 텔레고노스라는 아이까지 태어나게 되었다. 이렇게 되자 오디세우스는 점점 고향으로 돌아가고픈 생각이 사라지게 되었다. 그러나 부하들은 그렇지 않았다. 고향에 있는 가족들이 너무나도 눈에 밟혀 하루라도 빨리 이 섬을 떠나고 싶었다. 결국 오디세우스는 부하들에게 이끌려 섬을 떠날 채비를 했다.

오디세우스
❀
페 넬 로 페

▅▅▅▅▅▅ **오디세우스를 유혹하는 키르케**
키르케는 마법으로 오디세우스의 부하들을 돼지로 만들었는데, 헤르메스에게 약초를 받은 오디세우스
는 그녀의 마법을 피할 수 있었다.

1년이라는 세월 동안 연인으로 지냈던 오디세우스가 다시 떠난다는
이야기에 키르케는 가슴이 에이는 듯 아팠지만, 그가 영원히 자신의
남자가 될 수 없는 위대한 인물이라는 걸 잘 알고 있었던 그녀는 그들
일행이 무사히 고향에 도착하도록 신에게 기도드리는 것 외에는 할 수
있는 게 없었다. 떠나는 오디세우스에게 키르케는 한 가지를 당부했
다. 그가 고향을 향해 가는 도중에 세이렌의 섬을 지나가게 될 텐데,
바다의 요정 세이렌의 노랫소리를 들은 사람들은 너무나 매혹적인 목
소리에 이끌려 바다에 빠져 죽게 된다는 것이었다. 때문에 그 바닷길

달콤한 목소리로 오디세우스를 유혹하는 세이렌
너무나 고혹적인 세이렌의 목소리에 이끌려 바다로 뛰어들고 싶어 몸부림치는 오디세우스가 고통스러운 표정을 짓고 있다.

을 지나가는 동안에는 부하들의 귀를 밀랍으로 틀어막아 아무런 소리도 듣지 못하도록 조치해 달라며 신신당부했다. 또한 오디세우스의 부하들에게는 오디세우스는 밀랍을 사용해도 세이렌의 목소리를 들을지 모르니 그곳을 지나기 전에 오디세우스를 돛대에다 묶어두고 그가 어떤 말을 하더라도 절대로 풀어주지 말아달라며 부탁했다.

그렇게 오디세우스 일행은 또 다시 고향을 향해 항해를 떠났다. 세이렌의 섬이 눈앞에 다가오자 오디세우스의 부하들은 키르케의 당부대로 밀랍으로 귀를 막은 뒤 오디세우스를 돛대에 꽁꽁 묶었다. 이윽

고 세이렌의 고혹적인 노랫소리가 울려 퍼졌다. 그 소리를 들은 오디
세우스는 제발 밧줄을 풀어달라며 부하들에게 눈물을 흘리며 애원했
지만, 아무런 소리도 못 듣는 그들은 오디세우스를 무시한 채 묵묵히
노를 저었다. 잠시 후 세이렌의 섬을 완전히 빠져나온 그들은 밀랍을
빼내며 마음속으로 키르케에게 감사의 인사를 전했다.

그러나 그런 안도감도 잠시뿐이었다. 그들은 바다의 괴물인 스킬라
와 카리브디스의 공격을 받았는데, 그 결과 부하들은 모두 죽고 오디
세우스만이 간신히 살아남았다. 그렇게 혼자가 된 오디세우스는 오기
기아라는 섬에 표류하게 되었다. 전설의 섬 오기기아에는 티탄 신족
아틀라스의 딸인 칼립소라는 여신이 살고 있었다. 칼립소는 오디세우
스를 보자마자 그에게 반해 어떤 수를 써서라도 자신의 곁에 두고 싶
었다. 때문에 신들의 음식인 암브로시아와 넥타르를 매일 그의 식탁에
올려놓았지만, 오디세우스는 신들의 음식에는 눈길조차 주지 않았다.
신들의 음식을 먹게 되면 인간도 영생을 얻을 수 있었는데, 오디세우
스는 고향에 남아 있는 페넬로페와 남은 생을 함께 하고 싶은 생각에
그녀의 호의를 거절했던 것이다.

그렇게 오디세우스는 칼립소의 호의를 받으며 7년을 오기기아 섬에
머물렀다. 아니, 사실은 칼립소가 오디세우스에게 배를 내주지 않아
그렇게 오랜 세월이 흘러간 것이다. 칼립소는 자신의 곁에만 있어준다
면 영원한 삶은 물론이거니와 원하는 권력과 재물을 모두 주겠다고 회
유했으나 오디세우스의 가족에 대한 그리움은 좀처럼 변하질 않았다.

이런 그들의 모습을 신들도 지켜보고 있었다. 오디세우스의 수호신

인 아테나가 올림포스 신들에게 고향으로 돌아가고 싶어도 칼립소에게 얽혀서 떠나지 못하고 있는 오디세우스의 처지를 하소연했다. 이에 제우스는 전령인 헤르메스를 불러 칼립소에게 오디세우스를 이만 포기할 것을 설득하고 오라며 명령을 내렸다. 결국 칼립소는 이제 그와 함께할 수 있는 시간이 얼마 남지 않았음을 알게 되었다. 더 이상 오디세우스를 붙잡을 수 없게 된 그녀는 대신 그에게 뗏목 만드는 법을 알려주었다. 뗏목이 완성되자 그녀는 충분한 식량과 순풍을 준비해 주어 그의 귀향을 도와주었다.

그런데 아이러니하게도 후에 칼립소는 오디세우스와 페넬로페 사이에서 태어난 아들인 텔레마코스와 다시금 사랑에 빠지게 된다. 오디세우스가 좀처럼 고향으로 돌아오지 않자 그를 찾아 나섰던 텔레마코스가 이 오기기아 섬을 찾았는데, 오디세우스와 너무나도 닮은 그를 본 칼립소는 다시금 사랑의 감정이 샘솟게 되어 그를 유혹한다. 그러나 텔레마코스는 아버지를 찾기 위해 다시 섬을 떠났고, 고향에서 만난 아버지가 세월이 흘러 생을 마감하자 다시 이 섬으로 돌아와 칼립소와 결혼하게 되었다.

한편, 오디세우스가 타고 있던 뗏목은 칼립소가 선물한 순풍에 의지해 육지를 향해 나아갔다. 그러나 육지에 다다를 무렵 여지없이 포세이돈의 저주를 받아 거친 풍랑이 휘몰아쳤다. 뗏목이 완전히 부서지자 오디세우스는 헤엄을 쳐 가까스로 해안에 도착했는데, 당시 그의 몰골은 부랑자와 다를 바 없었다. 그가 입고 있던 옷은 뗏목이 부서지면서 함께 누더기가 되었고, 오랜 항해로 얼굴에는 털이 덥수룩하게 자라

에우리카에게 작별을 고하는 텔레마코스
오기기아 섬을 찾은 텔레마코스가 진정으로 사랑했던 여인은 칼립소가 데리고 있던 님프 에우리카였다.
그러나 칼립소의 유혹을 견디지 못한 텔레마코스는 결국 칼립소와 결혼하게 되었다.

있었다. 피곤에 지친 그는 일단 잠시 몸을 누일 은신처를 찾았다. 이미
옷의 기능을 잃어버린 입고 있던 누더기는 모두 벗어던진 채 냇가에서
몸을 씻은 뒤 풀을 모아서 이를 이불 삼아 잠이 들었다.

그렇게 한참 단잠에 빠져 있을 무렵 웅성대는 소리에 놀라 잠이 깬
오디세우스는 잠시 후 얼굴을 붉힐 수밖에 없었다. 화려하게 치장한
젊은 처녀 몇몇이 벌거벗은 자신을 향해 손가락질 하고 있었던 것이
다. 그들의 도움이 필요했던 오디세우스는 잎이 무성하게 붙어 있는
나뭇가지 몇 개를 꺾어 대충 몸을 가리고는 그녀들 앞에 나섰다. 놀란

처녀들은 도망가기 바빴지만 그들 일행 가운데 가장 화려하게 치장한 한 여인만은 그 자리에 서서 그를 맞이했다.

그녀의 이름은 나우시카였다. 오디세우스가 표류한 그곳은 스케리아라는 섬으로, 이 섬의 왕인 알키노스의 딸이 바로 나우시카였다. 나우시카가 벌거벗은 오디세우스와 만나게 된 것은 결코 우연이 아니었다. 나우시카는 그 전날 밤에 꿈을 꿨는데, 아테나 여신이 나타나 당신이 조만간 결혼하게 될 터이니 집안 식구들의 옷을 모두 깨끗이 빨아 정갈하게 이를 준비하라고 알려주었다. 꿈에서 깬 나우시카는 아침이 되자 서둘러 하녀들을 시켜 빨랫감을 마차에 실으라고 일렀다. 빨래를 하기 위해서는 궁전에서 멀리 떨어져 있는 냇가에 가야 했는데, 때문에 나우시카는 부모님께 꿈 이야기는 전하지 않고 기분 전환이라도 하고 싶어 빨래를 하겠다며 이를 허락 받았다. 먼 거리를 가야 하는지라 마차에는 엄청나게 쌓인 빨랫감만큼이나 많은 양의 음식도 함께 실었다. 시냇가에 도착한 그들은 자리를 잡고 빨래를 시작했는데, 그러던 중에 냇가에서 잠들어 있는 오디세우스를 발견하게 된 것이다.

오디세우스는 부끄러움에 붉게 달아오른 얼굴로 나우시카에게 그간의 사정을 이야기한 후, 자신에게 먹을 것과 입을 것을 조금 나누어달라며 부탁했다. 우려했던 것과 달리 나우시카는 흔쾌히 그가 원하는 것들을 주겠다며 약속했다. 우선 그녀는 챙겨왔던 빨랫감 중에 그녀 오빠의 옷을 건네주었고, 가져온 음식들도 그에게 아낌없이 베풀었다. 이처럼 나우시카가 옷과 음식을 준비할 수 있게 된 것은 지난 밤 그녀의 꿈속에서 나타났던 아테나 여신의 예언에서 비롯된 것이다. 오디세우스의 수호자인 아테나 여신의 도움은 여기서 끝나지 않았다. 오디세우스가 음식을 먹는 동안 그의 몸을 근육으로 부풀어 오르게 하고, 얼굴은 광채로 빛나게 만들어주었다. 그렇게 늠름한 사내의 모습으로 바뀌어가는 그의 모습을 지켜보던 나우시카는 그가 아테나 여신이 알려주었던 결혼 상대임을 알게 되었다.

나우시카는 일단 도망친 하녀들을 불러들였다. 보아하니 배가 난파되어 표류하게 된 사람인데 어찌 그를 도와줄 생각은 하지 않고 도망치는 것에만 급급하냐면서 오디세우스에게 사과를 하라며 명령했다. 그리고는 예전부터 신들에게 저 사람처럼 늠름한 사내를 배필로 맞게 해달라며 빌었는데, 드디어 신들이 그 답을 보내주신 것 같다며 그가 원하는 것이 무엇이든 간에 다 가져다주라고 일렀다.

그런 뒤 오디세우스에게는 자신의 집에 함께 가 일단 피곤에 지친 몸을 추스르는 게 어떻겠냐며 호의를 베풀었다. 그런데 나우시카는 조금 불안한 마음이 들었다. 자신과 동행하는 오디세우스를 본 백성들이 혹여 어떤 소문이라도 퍼뜨릴까 싶은 마음에 그녀는 오디세우스에게 조금 떨어져서 일행을 따라오라며 당부했다. 만약 그들 일행과 떨어지게 되면 지나가는 백성에게 궁전으로 가는 길을 알려달라고 하면 누구든 안내해 줄 것이라고 덧붙였다.

오디세우스는 나우시카의 말을 따라 일행이 떠난 지 한참 뒤에 마차가 남긴 자국을 따라 길을 걸었다. 그러던 중 물을 길러 가는 한 소녀를 만나게 되었는데, 그 소녀는 자신이 궁전으로 가는 길까지 안내해주겠다며 먼저 말을 건넸다. 사실 그녀는 소녀의 모습으로 변신한 아

나우시카와 오디세우스
거친 풍랑에 일행을 모두 잃고 홀로 남게 된 오디세우스는 아테나 여신의 도움을 받아 나우시카와 만나
게 되었다.

테나 여신이었다. 여신은 오디세우스를 그 누구도 보지 못하도록 짙은
안개로 감쌌다. 그 사실을 모르고 있던 오디세우스는 스케리아 섬 사
람들의 분주한 일상을 둘러보며 천천히 걸음을 옮겼다.

　드디어 나우시카가 머물고 있는 궁전이 나타났다. 이에 여신은 그에
게 스케리아 섬의 역사와 문화를 잠시 일러주고는 안개와 함께 모습을
감췄다. 궁전은 눈이 휘둥그레질 정도로 화려했다. 손잡이에서부터 기
둥까지 모두가 황금과 보석으로 치장되어 있었는데, 궁전에서 일하는
하인들도 고운 비단옷을 차려 입고 각자 맡은 일에 열중하고 있었다.

궁전 입구에 자리잡은 과수원에는 보는 것만으로도 군침이 돌게 하는 잘 익은 과일들이 무수히 달려 있었고, 온 백성이 마실 수 있는 맑은 샘물이 그 과수원을 에둘러 흐르고 있었다.

이렇듯 풍요로운 왕국의 모습을 잠시 살펴본 오디세우스는 나우시카가 기다리고 있는 대전으로 나아갔다. 나우시카의 아버지인 알키노스 왕은 딸의 부탁을 받아 연회를 베풀어주었는데, 이곳에서 진귀한 음식을 먹은 오디세우스는 빠르게 원기를 되찾았다. 연회가 끝난 후 알키노스는 오디세우스에게 어떻게 해서 이 섬에 오게 되었고, 어떤 연유로 자기 아들의 옷을 입고 있는지 물어보았다. 이에 그는 험난했던 지난 여정을 이야기하며, 다행히 표류한 자신을 나우시카 공주가 보살펴주었다며 감사의 인사를 전했다. 이 이야기를 듣고 있던 나우시카는 얼굴이 붉게 달아올랐지만, 그를 마음에 품고 있는 딸의 심정을 알지 못했던 알키노스는 그에게 고향까지 갈 수 있도록 배를 내주겠다며 호의를 베풀었다.

다음 날 아침, 알키노스는 이 섬에 오랜만에 찾아온 길손에게 귀한 선물 한 개씩을 선물해 주는 것이 어떻겠냐며 족장들에게 의견을 구했다. 이에 족장들은 앞 다투어 진귀한 선물을 가져와 오디세우스가 탈 배에 실었다. 그 배에는 오디세우스 외에도 스케리아의 몇몇 선원들이 함께 탔는데, 때문에 오디세우스는 편안히 선실에서 잠이 든 채 고향 이타케까지 항해할 수 있었다. 이타케 해안에 도착했지만 여전히 잠들어 있는 오디세우스를 선원들은 족장들의 선물과 함께 조심스레 바닷가에 내려놓은 뒤 다시금 스케리아로 떠났다. 그들이 무사히 이타케까지 항해할 수 있었던 것은, 잠들어 있던 오디세우스가 포세이돈의 눈에 띄지 않았기 때문이었는데, 나중에 이 사실을 알게 된 포세이돈은 분을 참지 못하고 다시 고향으로 돌아가던 스케리아 선원들이 탄 배를 바위로 만들어버렸다.

한참 후 잠에서 깬 오디세우스는 20년이라는 세월 앞에 변해 버린 고향 이타케의 모습에 어리둥절한 채 어디로 가야할지 갈피를 못 잡고 있었다. 그런 그 앞에 젊은 양치기가 나타났는데, 사실 그 또한 아테나 여신이 변신한 모습이었다. 양치기는 그에게 그간 이타케에 어떤 일들이 일어났는지 상세하게 알려주었는데, 오디세우스가 트로이전쟁이 끝난 뒤 몇 년이 지나도 돌아오지 않자 백여 명의 귀족들이 궁전을 찾아와 페넬로페에게 구혼을 하고 있다는 것이다. 또한 그들은 몇 년 동안 주인 없는 궁전에서 머무르며 자신들이 마치 왕이라도 되는 양 하인들을 부리고 연회를 베풀며 페넬로페를 설득하고 있다고 했다. 오디세우스가 바다에서 떠돌다가 죽었다, 멀리 떨어진 섬에서 아름다운 여인과 이미 살림을 차리고 있다는 등 그를 음해하는 이야기들이 바로 그 귀족들의 입에서 나온 것이었다. 더군다나 이런 소문을 확인하기 위해 장성한 그의 아들 텔레마코스가 먼 길을 떠났는데, 그마저도 아직까지 돌아오지 않고 있다는 것이었다.

페넬로페에게 접근한 그 무례한 귀족들을 향한 복수심에 불타오른 오디세우스는 일단 자신의 신분을 드러내지 않은 채 그들에게 접근하기로 마음먹었다. 거지 행색으로 꾸미기 위해 누더기로 갈아입고 얼굴에 잔뜩 검댕을 묻힌 오디세우스는 자신의 충복이었던 에우마이오스

▅▅▅▅▅▅ **페넬로페와 오디세우스**
페넬로페는 20년이라는 오랜 세월 동안에도 변함 없이 절개를 지켜 후인들의 귀감을 샀다. 페넬로페라
는 이름은 원앙 오리를 뜻한다.

를 찾아갔다. 그런 모습에도 한눈에 오디세우스를 알아본 에우마이오
스는 진심으로 그를 걱정하며 그간 있었던 일들에 대하여 소상히 알려
주었다.

　한편으로 아테나 여신은 텔레마코스에게 찾아가, 지금 당장 에우마
이오스의 집으로 가서 그를 찾아온 손님과 힘을 합쳐 어머니를 구하라
고 일러주었다. 여신의 말에 곧바로 귀향한 텔레마코스는 에우마이오
스가 어떤 거지와 환담을 나누는 모습을 보게 되었다. 텔레마코스는
일단 여신이 일러주었던 대로 그에게 정중히 인사를 건넨 뒤 어머니를

신화의 숲에서
사랑을 만나다

괴롭히고 있는 청혼자를 물리칠 수 있도록 협조해 달라며 도움을 구했다. 그러자 그 거지는 텔레마코스를 대견스럽게 바라본 뒤 잠시 자리를 피했다. 이윽고 정갈히 목욕을 하고 깨끗한 옷으로 갈아입은 오디세우스가 나타났는데, 그 모습을 보자마자 텔레마코스는 그가 자신의 아버지임을 알게 되었다.

20년 만에 다시 만난 아버지 앞에서 텔레마코스는 눈물을 터뜨렸다. 그렇게 보고팠던 아버지였는데, 눈물이 앞을 가려 잘 보이지 않았다. 아버지의 가슴에 안겨 한참을 그렇게 울던 텔레마코스는 잠시 후 울음을 멈추고는 어머니를 당장 만나러 가자며 손을 이끌었다. 하지만 오디세우스는 지금 당장 그녀 앞에 나선다면 그 수많은 귀족들이 그들에게 어떤 해코지를 하게 될지 모른다며 그를 말렸다. 대신 텔레마코스가 먼저 궁전으로 들어가 상황을 살피고 자신은 다시 거지의 행색을 하고 들어가 그 다음 계획을 실행하자며 아들을 다독였다.

아버지의 말을 따라 텔레마코스는 먼저 궁전으로 돌아갔다. 역시나 페넬로페에게 구혼하러 온 수많은 귀족들이 연회를 펼쳐 궁전 안은 시끌벅적했는데, 텔레마코스가 들어오자 잠시 동안 침묵이 흘렀다. 그도 그럴 것이 귀족들이 연합해 텔레마코스를 죽이려고 자객을 보냈는데, 그가 너무나 멀쩡한 모습으로 궁전으로 돌아온 것이다. 그러나 잠시 후 연회는 계속되었고, 그렇게 시끌벅적한 틈을 타 거지로 변장한 오디세우스가 궁전으로 들어왔다. 그 거지를 발견한 귀족들은 잔뜩 인상을 찌푸리며 거지를 밖으로 내쫓으려 들었다. 그런데 그 모습을 페넬로페가 보게 된 것이다. 너무나 심하게 거지를 학대하는 그들의 모습

120

에 화가 난 페넬로페는, 당신들이 지금 먹고 있는 음식도, 지금 머물고 있는 이 궁전도 당신들 것이 아닌 데 왜 이곳을 찾은 손님에게까지 멸시를 하는 건지 모르겠다며 목소리를 높였다. 페넬로페는 일단 그 거지를 데리고 자신의 방으로 데려와서는 먹을 것을 주며 이렇게 물어보았다.

"혹시 세상을 떠도는 동안 내 남편 오디세우스의 이야기를 들은 적이 없나요? 분명 그는 어딘가에 살아 있을 것 같은데, 왜 이리도 귀향하는 길이 멀기만 한 건지 모르겠어요."

거지는 그녀의 마음을 다 이해한다는 듯이 다독이며 이렇게 말했다.

"그에 대한 이야기를 들은 적은 없지만, 왕비님께서 그렇게 애타게 기다리시는 걸 보아하니 분명 돌아오실 겁니다."

혹여 남편에 대한 어떤 소식이라도 듣게 될까 싶어 조바심을 내던 페넬로페는 그다지 성과가 없자 한숨을 내쉬었다. 그런데 그녀 곁에 있던 늙은 사냥개 한 마리가 그 거지를 보자마자 꼬리를 흔들며 반겼는데, 이미 너무 늙은 사냥개는 주인을 향한 그 마지막 인사를 끝으로 그 자리에서 죽었다.

페넬로페는 사냥개가 그 거지를 보고 반긴 것은 생각지 못하고 그저 과거에 남편이 귀여워하던 사냥개를 묻어주기 위해 방을 나섰다. 그러면서 유모를 불러 거지의 발을 씻겨주라고 일렀다. 유모는 페넬로페의 명에 따라 거지의 발을 씻겨주기 위해 그의 신발을 벗겼다. 그 순간 유모는 그가 페넬로페가 그토록 그리워하던 오디세우스임을 알게 되었다. 그의 발에 남아 있는 특이한 모양의 흉터 때문이었다. 오디세우스

는 유모에게 아직은 그녀에게 이 사실을 알리지 말아달라고 부탁하고
는 방을 나섰다.

잠시 혼자 있게 된 페넬로페는 그동안의 삶을 돌아보았다. 오디세우
스가 전쟁터에서 돌아오지 않자 그의 왕국을 탐내는 청혼자들이 몰려
들기 시작했고, 그나마 그녀를 지켜주었던 시아버지와 시어머니도 이
제는 이 세상 사람이 아니었다. 아들마저 아버지를 찾겠다며 외국으로
떠돌자 이제 더 이상 그녀를 지켜줄 수 있는 사람이 없다는 것을 알게
된 청혼자들이 더욱 집요하게 달려들었다. 결국 이를 견디지 못한 페
넬로페는 청혼자들에게 시아버지의 수의를 완성한 다음에 한 사람을
택해 결혼하겠다고 약속했다.

그렇게 잡아둔 시간도 벌써 3년이나 흘렀다. 낮이면 수의를 짜고, 밤
이면 이를 혼자서 몰래 풀었다. 이미 그런 사실을 눈치 챈 청혼자들은
더 이상 견딜 수 없다며 조만간 싸움이라도 일으킬 태세였다. 아들은
다시 집으로 돌아왔지만 남편에 관한 소식은 전혀 들을 수 없었다. 아
들 혼자서는 도저히 그녀를 지켜줄 수 없을 것 같았기에 이제 그들의
요구를 어쩔 수 없이 들어주어야만 할 것 같았다.

그런 생각에 잠겨 조용히 눈물을 흘리고 있던 페넬로페의 귓가에 아
들이 청혼자들에게 전하는 메시지가 들려왔다.

"나의 어머니를 아내로 맞이하고 싶은 청혼자들이여 들으시오! 내가
가져온 이 활을 가지고 열두 발의 화살을 쏘아서 저 앞에 걸려 있는 열
두 개의 고리를 모두 통과하는 자에게 그 영광을 드리리다."

이에 청혼자들은 다들 환호성을 지르며 앞 다투어 줄을 섰다. 텔레

마코스는 과거에 어떤 영웅이 오디
세우스에게 선물했던 활을 들고 와
그들 앞에 놓았다. 그리고는 시합
에 앞서서 혹여 결과에 승복하지
못하는 이들 때문에 참극이 벌어질
수도 있으니 그들이 가져온 무기를
모두 한곳으로 치워놓자고 제안했
다. 청혼자들은 들뜬 마음에 흔쾌
히 그의 말을 받아들였고, 그렇게
해서 페넬로페의 남편을 가리는 시
합이 시작되었다.

수의를 짜는 페넬로페
청혼자들에게 시아버지의 수의를 모두 짜면 결혼하겠다고
한 약속 때문에 그녀는 낮에는 수의를 짜고 밤이 되면 다
시 이를 풀었다.

그러나 좀 전까지 축제처럼 들뜨
던 분위기와 달리 청혼자들이 활을
쏘기 위해 섰던 줄은 아주 빨리 사
라졌다. 텔레마코스가 꺼내온 그
활은 시위를 당기는 것조차 힘들
정도였기 때문이었다. 청혼자들은
활에다 기름칠도 하고 하인과 함께 둘이서 당겨보기도 했지만, 여전히
그들의 화살은 과녁을 맞히기는커녕 시위조차 벗어나지 못했다.

이때 그 거지가 나서서 자신도 이 시합에 참여하겠다며 나섰다. 거
지의 말을 들은 청혼자들은 황당한 듯 비웃으며 당장 그를 끌어내라고
했지만, 텔레마코스는 당신들도 성공하지 못한 것을 그가 이룰 수는

없을 테니 한 번 기회를 주는 것이 어떻겠냐며 거지를 옹호해 주었다.

드디어 그 활의 주인이었던 오디세우스가 활을 손에 쥐게 되었다. 잠시 숨을 고른 그가 시위를 당기자 어느새 화살은 고리를 통과하여 벽에 꽂혔다. 이를 지켜보던 청혼자들과 페넬로페는 너무나 놀란 표정으로 그를 바라보았다. 그러나 오디세우스는 다시 활시위를 당기더니 이번에는 페넬로페에게 무례하게 굴었던 청혼자들을 향해 화살을 쏘았다. 그리고 어느새 그의 옆에 텔레마코스와 에우마이오스가 다가와 그들도 각자 무기를 꺼내들었다. 놀란 청혼자들은 자신들의 무기를 찾았지만 이미 그 무기들은 치워진 지 오래였다. 목숨이라도 구하기 위해 밖으로 나가려는 청혼자들도 있었지만 이미 성문은 에우마이오스가 굳게 걸어둔 뒤였다.

오디세우스는 더 이상 자신의 신분을 감추지 않았다. 당당히 자신의 이름을 알린 오디세우스는 아들과 함께 청혼자들을 향해 화살을 날렸다. 그렇게 그 수많은 청혼자들은 비명조차 지르지 못하고 생을 마감했다.

피비린내 나는 한바탕 소란이 끝이 난 뒤 페넬로페는 그토록 보고 싶었던 남편에게 달려갔다. 20년이란 세월 앞에 변해 버린 서로의 모습을 바라본 이들은 아무 말도 하지 못하고 눈물만 흘렸다. 그렇게 머나먼 길을 돌아 다시 만나게 된 이들은 남은 생 동안 함께 왕국을 다스리며 행복한 나날을 보냈다.

오르페우스와 에우리디케

신들을 감동시킨 순애보

그 누구와도 진정한 사랑을 나누지 못해 상심한 아폴론은 결국 자신이 다스리고 있는 뮤즈들을 유혹하기로 마음먹었다. 음악을 주관하는 신이기도 한 아폴론은 리라 연주 실력이 매우 뛰어났는데, 때문에 한번은 마르시아스라는 이름의 사티로스가 아폴론에게 악기를 누가 더 잘 다루는지 겨루어보자고 도전해 왔다. 첫 번째 연주에서 실력이 가려지지 않자 아폴론은 악기를 거꾸로 쥐고 연주하자는 억지스러운 제의를 했다. 마르시아스가 연주하던 피리는 거꾸로 쥐고 불 수 없기에 결국 리라를 연주한 아폴론이 승리하게 되었다. 이에 아폴론은 승리의 대가로 마르시아스를 나무에 붙들어 매고 가죽을 벗겼다고 한다.

■■■■ **아폴론과 칼리오페**
음악의 신이기도 한 아폴론은 뮤즈의 우두머리 칼리오페와 정을 통해 오르페우스를 낳았다. 이들의 연
주 실력을 모두 물려받은 오르페우스는 신들을 감동시킬 만큼 아름다운 연주를 펼쳤다.

그런 연주 실력을 갖춘 아폴론이 아홉 뮤즈들의 우두머리인 칼리오
페를 유혹해 임신시켜 아이를 낳았으니, 그가 바로 오르페우스이다.
어릴 때부터 오르페우스의 연주 실력은 아폴론의 그것을 뛰어넘었다.
인간은 물론이거니와 하늘에서 그의 모습을 지켜보던 신들과 산속의
모든 동물들, 감정이 없는 식물과 바위까지도 오르페우스의 연주에 매
료되어 그가 리라를 잡기만 하면 숨을 죽이고 그 모습을 바라보았다고
한다. 오르페우스는 틈이 날 때마다 리라를 손에 들었다. 그의 손에서
울려 퍼지는 청아한 선율은 온 대지를 수놓았다.

■■■■■ 오르페우스의 연주를 듣고 모인 동물들
오르페우스의 연주에 감동한 것은 사람만이 아니었다. 그의 연주가 시작되면 숲의 모든 동물들이 그의
곁에 모여들었다.

　　그런 오르페우스의 연주에 끌려 그의 곁을 맴돌았던 한 요정이 있었
다. 나무의 요정 에우리디케가 바로 그 주인공으로, 아무리 오르페우
스를 따라다녀도 관심을 보이지 않자 결국 그녀는 그의 앞에 용감하게
나섰다.

　　"오르페우스 님! 음악도 물론 좋지만 사랑이란 음악보다 더 감미롭
고 아름다운 것이랍니다. 내가 그 사랑을 당신에게 가르쳐 줄게요. 그
러면 당신이 연주하는 그 음악은 더 아름답고 고결해질 거랍니다."

　　그녀의 이 이야기에 끌린 오르페우스는 결국 에우리디케의 바람대로 점점 그녀에게 사랑의 감정을 느끼게 되었다. 그렇게 시작된 사랑은 결혼이라는 결실을 맺게 되었다. 그들은 결혼식에 여러 신들을 초대했다. 하지만 그들의 결혼에 참석한 결혼의 신 히메나이오스가 어처구니없는 실수를 저질렀다. 그는 두 사람의 행복을 기원하는 선물 대신에 햇불을 가져왔는데, 그 햇불에서 피어오르는 매캐한 연기 때문에 하객들은 이를 참지 못하고 눈물을 쏟아냈다. 그런 우여곡절 끝에 결혼식이 마무리되었지만 히메나이오스의 햇불은 이 부부의 비극을 알리는 전초였던 것이다.

에우리디케는 결혼 후에도 그전처럼 친구들과 함께 숲을 돌아다니면서 나무를 보살폈다. 남편의 사랑을 받아서 그런지 에우리디케는 날이 갈수록 더욱 예뻐졌는데, 그런 그녀를 몰래 지켜보던 이가 있었다. 바로 아리스타이오스라는 양치기였다. 사실 그는 오르페우스의 이복형제였다. 아폴론이 사냥에 뛰어났던 님프 키레네와 관계를 맺어 태어난 아이가 바로 아리스타이오스였는데, 이렇게 같은 아버지를 둔 형제가 한 여인에게 사랑의 감정을 품게 된 것이다.

에우리디케에게 한눈에 반한 아리스타이오스는 그녀의 뒤를 집요하게 쫓았다. 그녀가 드디어 홀로 남게 되자 그는 들끓는 감정을 주체하지 못하고 그녀에게 다가갔다. 욕망에 불타오르는 눈빛의 낯선 남자가 자신에게 다가오는 것을 느낀 에우리디케는 그의 손길을 피해 무작정 도망쳤다. 그런데 앞서 달리던 에우리디케가 갑자기 비명을 지르더니 넘어졌다. 뒤를 따르던 그 또한 놀라서 그녀에게 다가갔다. 그녀는 이미 얼굴이 창백하게 변했고, 하얀 그녀의 다리에는 붉은 피가 흘러내

오르페우스의 연주를 듣고 있는 에우리디케
오르페우스는 사랑이라는 감정이 자신의 연주를 더욱 빛나게 할 수 있다는 사실을 에우리디케를 통해 알게 되었다.

리고 있었다. 그녀가 도망치던 중에 밟은 뱀이 순간적으로 그녀의 다리를 물어버린 것이다. 그런 모습을 멍하니 지켜보던 아리스타이오스는 너무 놀란 나머지 뒷걸음을 치며 도망쳐 버렸다.

한편 귀가 시간이 넘었지만 좀처럼 돌아오지 않는 아내를 기다리던 오르페우스는 불안한 마음에 그녀를 찾아 나섰다. 숲에서 쓰러져 있는 아내를 발견한 오르페우스는 설마 하는 생각으로 그녀에게 다가섰지만, 그 불안감은 이미 현실이 되어 있었다. 그녀의 숨은 완전히 멎어 있었다. 늘 음악에만 취해 살았던 그가 음악보다 더 아름답고 감미로운 사랑을 배워서 그 소중한 감정을 연주한 지 얼마 되지 않았건만 이렇게 한순간에 그의 사랑은 물거품이 되어버렸다.

오르페우스는 북받쳐 오르는 자신의 슬픔을 연주하며 신들에게 아내를 다시 이승으로 돌려보내 달라고 호소했다. 하지만 아무리 신이라고 해도 목숨을 잃어 지하 세계로 내려간 이를 다시 지상으로 올려 보낼 수는 없었다. 오르페우스는 신들이 자신의 연주를 받아주지 않자 이제는 실성한 것처럼 세상을 떠돌아 다녔다.

슬픔을 가늠할 수 없었던 오르페우스는 결국 자신이 직접 지하 세계로 내려가리라 마음먹었다. 그는 라코니아로 가서 저승으로 이어진 길로 접어들었다. 저승으로 가기 위해서는 스틱스 강을 건너야만 했는데, 그곳을 운행하는 뱃사공은 산 자는 데려다주지 않았다. 이에 오르페우스는 리라를 꺼내들어 조용히 연주했다. 너무도 애련하고 아름다운 연주에 취해 버린 뱃사공 카론은 결국 그를 배에 태워주었다. 이어서 오르페우스는 머리 셋 달린 괴물 케르베로스가 지키는 저승의 입구에 이르렀는데, 이때도 마찬가지로 리라를 연주해 괴물의 마음을 사로잡아 무사히 문을 통과했다.

결국 오르페우스는 산 자의 신분으로 저승에 도착했다. 그는 지하 세계를 다스리는 신 하데스와 페르세포네의 옥좌 앞에 나아가 다시금 리라를 연주했다. 그리고는 연주에 맞추어 다음과 같은 가사의 노래를 나직이 불렀다.

"지하 세계의 신들이여! 생명을 가진 모든 인간들은 이곳으로 오게 마련이지요. 진실로 바라노니 제 말을 들어주십시오. 제가 이곳에 온 것은 타르타로스의 비밀을 알아내기 위한 게 아닙니다. 그렇다고 머리가 셋 달린 문지기 괴물과 힘을 겨루기 위해서도 아닙니다. 저는 꽃다운 청춘임에도 불구하고 아무 죄 없이 독사에게 물려 원치 않은 죽음을 당한 제 아내를 찾으러 온 것뿐입니다. 그 사랑이 저를 이곳으로 인도한 것입니다. 지상에 거주하는 우리들을 지배하는 전지전능한 신뿐아니라, 이곳에 계신 신들께서도 사랑을 고귀하게 여기시겠지요. 저는이 공포로 가득 찬 곳, 침묵과 유령의 나라에 계신 당신들에게 간청합니다. 에우리디케의 생명의 줄을 다시 이어주십시오. 우리들은 언젠가는 이곳으로 오게 마련입니다. 저의 아내도 수명이 다 된 후에는 당연히 당신들의 세계로 돌아올 것입니다. 그러나 그때까지는, 원컨대 그녀를 저에게 돌려주십시오. 만약 거절하신다면 저는 홀로 돌아가지 않겠습니다. 저도 여기서 머물겠습니다. 그런 뒤 당신들은 두 사람의 죽음을 눈앞에 놓고 승리의 노래를 부르십시오."

애절하고도 슬픈 곡조의 오르페우스의 연주와 노래는 저승에 머물고 있는 영혼들의 눈물까지도 자아냈다. 마침 이곳에는 제우스의 벌을받아 지하 세계로 내려온 프로메테우스가 있었는데, 그의 간을 거대한독수리가 쉼 없이 쪼고 있었다. 그 독수리마저도 그 일을 멈추고 오르페우스의 연주에 귀를 기울였다. 또한 체로 물을 푸는 벌을 받고 있던다나오스의 딸들도 이를 잠시 멈추고 노래를 들었다. 뿐만 아니라 언덕 위로 끊임없이 돌을 굴리던 시시포스도 잠시 그 일을 멈추었고, 심지어 복수의 여신들도 정신을 놓은 채 하염없이 눈물을 흘렸다.

모두들 오르페우스의 음악에 빠져들어 지하 세계의 질서가 한순간 멈추게 되자 하데스는 그를 이곳에서 어떻게든 내보내야만 했다. 그러기 위해서는 오르페우스의 소원을 들어줄 수밖에 없었다. 이에 하데스는 오르페우스를 불러 들여 근엄한 목소리로 이렇게 말했다.

"오르페우스, 일찍이 너의 연주 솜씨는 잘 알고 있었지만 이토록 영혼의 심금까지 울릴 줄은 몰랐다. 너의 아내를 사랑하는 마음과 그 마음을 담은 노래가 어찌나 아름답고 마음을 아리게 하는지, 내 비록 신이지만 눈물이 날 지경이었다. 하여 내 이제까지 지켜오던 지하 세계의 계율을 깨면서까지 너의 청을 들어주기로 하마. 하지만 네가 꼭 지켜야 할 것이 있으니, 에우리디케를 데려가는 동안 네가 앞장을 서서 가되 지상에 도착하기 전까지 절대 한마디 말을 나눠서도, 아내의 얼굴을 보기 위해 돌아봐서도 안 된다."

오르페우스는 하데스에게 거듭 감사의 인사를 올리며 그 자리에서 나왔다. 어둡고 험한 길을 두 사람은 말 한마디 하지 않고 걸어갔다. 그렇게 하여 한참을 걷고 걸어서 두 사람은 마침내 지상으로 나가는 출구에 거의 도착하게 되었다. 드디어 지하 세계의 길이 끝나고 지상으로 이어지는 길을 알리는 빛이 조금씩 새어들었다. 순간 오르페우스는 너무나 들뜬 마음에 에우리디케가 잘 따라오고 있는지 확인하려고 뒤를 돌아보았다. 그러자 갑자기 그의 아내는 안개의 정령으로 변하여 점점 사라져 갔다. 에우리디케가 지하 세계로 다시 끌려간 것이었다. 그들은 서로 포옹하려고 팔을 내밀었지만 두 팔에 감기는 것이라고는 허공뿐이었다.

다시 살아났다는 기쁨을 맛보기도 전에 다시 죽음의 세계로 들어간

오르페우스와 에우리디케

아내를 보고 싶은 유혹을 참지 못하고 뒤를 돌아본 오르페우스는 후회할 겨를도 없이 순식간에 아내를
다시금 지하 세계로 보내고 말았다.

에우리디케는 그러나 남편을 원망할 수 없었다. 자신을 너무나 사랑한 나머지 그 무시무시한 지하 세계로 찾아온 남편을, 그토록 보고 싶은 것을 참고 참았다가 잠깐의 실수로 자기를 돌아본 남편을 어찌 원망하겠는가! 그녀는 남편이 그저 고맙고 사랑스러울 뿐이었다. 그녀는 비록 짧은 순간이었지만 진심 어린 마음을 실어 애절하게 남편을 향해 이별을 고했다.

"오르페우스, 이제 최후의 이별이군요. 안녕히!"

하지만 지하 세계에서 어찌나 그녀를 빨리 끌어갔던지 그녀의 말소리조차 잘 들리지 않았다. 오르페우스는 그녀의 뒤를 따르려고 발을 동동 굴렀지만 소용없었다. 잠시 후 지하 세계의 문은 굳게 닫혀버렸다. 그리고 그들 사이에는 시퍼런 스틱스 강물만이 흘러넘쳤다. 오르페우스는 뱃사공에게 제발 자신을 다시 한번 지하 세계로 데려다 달라며 사정했지만 오히려 그를 더 멀리 밀쳐낼 뿐이었다.

그로부터 꼬박 일주일 동안 오르페우스는 먹지도 않고 자지도 않은 채 강가에 앉아 그저 눈물만 흘렸다. 그저 자신도 아내의 뒤를 따라 죽고만 싶은 심정이었다. 그러나 삶을 포기하는 것도 쉬운 일은 아니었던 터라 속절없이 시간만 흘러갔다. 오르페우스는 아내의 모습이 머릿속에 떠오를 때마다 애달픈 비가를 부르며 리라를 연주했다. 그런 그의 노래는 뭇 여인들의 심장을 흔들어놓았는데, 그의 이런 매력에 빠져든 여인들 가운데 마이나스들이 있었다. 디오니소스를 따라다니는 미친 여자들이라는 뜻의 마이나스들은 그에게 욕정을 품고는 집요하리만큼 그에게 구애했다. 하지만 두 번 다시 자신에게 사랑이라는 감

▬▬▬▬ **오르페우스에게 달려드는 마이나스들**
오르페우스를 차지하고 싶은 욕망을 참지 못하고 한꺼번에 달려들었던 마이나스들은 결국 그를 죽음으로 내몰았다.

정은 없을 것이라며 다짐했던 오르페우스는 그녀들을 외면했다.

그러던 어느 날, 마침 그 나라에서 디오니소스 제전이 열렸다. 모처럼 오르페우스도 그 제전에 참석했다. 축제가 시작되자 모두들 흥겨워하며 노래를 불렀다. 이에 오르페우스도 리라를 꺼내들고 연주하기 시작했다. 그 연주에 심취한 마이나스들은 그를 둘러싸고는 그의 모습을 하염없이 바라보았다. 그러던 가운데 갑작스레 한 마이나스가 오르페우스를 향한 정욕을 참지 못하고 그의 몸을 덮쳐 키스를 퍼부었다. 그러자 그를 빼앗기기 싫었던 다른 마이나스들도 그에게 달려들어 그를 서로 차지하려고 잡고 늘어졌다. 그렇게 오르페우스는 달려드는 마이나스들의 손아귀에 온몸이 갈가리 찢겨졌다. 결국 오르페우스는 죽음을 맞이했고, 몸통은 부서진 채 그의 머리만 남게 되었다. 잠시 후 정신을 차린 마이나스들은 그제야 자기들이 저지른 일을 깨닫고는 경악했지만, 이미 벌어진 일을 되돌릴 수는 없었다. 그녀들은 그의 머리와 리라를 헤브로스 강에다 던져버렸다.

강물을 따라 유유히 흘러가던 오르페우스의 머리는 놀랍게도 나지막한 목소리로 에우리디케의 이름을 부르며 사라졌다. 갈가리 찢겨진 오르페우스의 시신은 뮤즈들이 모아 레이베트라에 묻었다. 강물을 따라 흘러가던 그의 머리는 레스보스 섬에 도착했는데, 이를 발견한 주민들이 기이하게 여겨 그의 머리를 건져 매장하고 그 자리에 신전을 세웠다. 그 후 이 섬의 주민들은 음악과 시의 소질을 갖게 되었다고 한다. 또한 그의 몸이 묻힌 레이베트라에서는 지금도 밤마다 꾀꼬리가 그의 묘에서 처연하면서도 아름다운 목소리로 노래를 부른다고 한다. 그의 죽음과 사랑을 안타깝게 내려다보던 제우스는 그의 죽음을 애석하게 여겨 그의 리라를 별자리 사이에 놓았는데, 북쪽 하늘에서 볼 수 있는 거문고자리가 바로 오르페우스의 리라 별자리이다.

몸과 머리와 리라는 각기 나누어졌지만 이제 영혼이 된 오르페우스는 지하 세계에 내려가 그토록 간절히 원했던 에우리디케와 만날 수 있었다. 그들은 못다 한 사랑을 다시금 불태우며 지상에서 누리지 못했던 행복을 꽃피웠다고 한다.

암피트리온과 알크메네

암피트리온은 메두사를 물리친 영웅 페르세우스의 손
자로, 어릴 적부터 매우 용맹스러웠다고 한다. 청년이 된 암피트리온
에게도 어느 날 사랑이 찾아왔다. 그의 숙부인 미케네 왕 엘렉트리온
의 딸 알크메네가 바로 그 주인공이다. 알크메네는 어찌나 아름다웠는
지 그녀를 본 남정네들은 하나 같이 그녀의 매력에 빠져들었다고 한
다. 이런 알크메네의 아름다움 앞에 암피트리온도 피해 갈 수 없었다.
그녀가 자신의 조카라는 사실을 누구보다 잘 알고 있었지만, 그는 어
떻게든 그녀를 아내로 맞이하고 싶었다. 숙부 엘렉트리온 또한 자신의
여동생인 아낙소와 결혼하여 알크메네를 낳았던 터라 자신의 결혼도
문제없으리라 생각되었다. 하지만 그의 꿈은 숙부이자 예비 장인어른

인 엘렉트리온을 그가 실수로 죽이면서 산산이 부서지고 말았다. 그 비극의 발단은 이렇게 시작되었다.

엘렉트리온에게는 메스트로라는 동생이 있었는데, 엘렉트리온이 미케네 왕국을 물려받자 왕권 다툼을 하기 싫었던 메스트로는 가족들과 함께 타포스 섬으로 떠났다. 당시 타포스 섬은 프테렐라오스라는 왕이 다스리고 있었다. 그런 프테렐라오스의 눈에 메스트로의 딸 히포토에가 들어왔다. 그는 자신의 권력을 내세워 히포토에를 강제로 자기의 아내로 삼았으며, 그 결과 여섯 명의 아들을 낳았다.

그렇게 자신이 원하는 것이라면 모두 손아귀에 집어넣었던 프테렐라오스는 슬슬 미케네 왕국에 욕심을 품게 되었다. 장인어른인 메스트로에게 미케네 왕국의 절반의 권리가 있다고 생각한 그는 장성한 여섯 아들들을 불러 이러한 이야기를 전하고 그들을 미케네로 보냈다. 그렇게 아버지의 명을 받은 그의 아들들은 엘렉트리온을 만나러 미케네 왕국으로 떠났다. 동생의 외손자들이 왔다는 소식에 반가움이 먼저 앞섰던 엘렉트리온은 그들을 궁으로 불러들이고 만찬을 준비했다.

"그래, 너희들이 메스트로의 손자들이란 말이지? 허헛 어느새 늠름하게 잘 자랐구나."

하지만 프테렐라오스의 아들들은 정색하며 엘렉트리온에게 이렇게 말했다.

"우리가 이곳까지 오게 된 것은, 우리의 외조부가 받기로 되어 있는 미케네 왕국의 절반을 우리 아버지 프테렐라오스에게 내어줄 것을 요청하러 온 것이오."

그들의 말이 끝나자마자 대노한 엘렉트리온은 이들을 바로 나라 밖
으로 추방하라고 명했다. 하지만 이들은 고국으로 돌아가지 않고, 오
히려 미케네 왕국의 소들을 약탈했다. 이에 화가 난 엘렉트리온의 아
들들은 프테렐라오스의 아들들과 싸움을 벌였는데, 그 결과 엘렉트리
온의 아들 모두와 프테렐라오스의 아들 중 다섯이 목숨을 잃었다. 소
를 실은 배를 지키느라 싸움에 참여하지 않는 바람에 목숨을 건지게
된 에우엘레스는 일단 엘리스의 왕 폴릭세노스에게 찾아가 가져간 모
든 소를 그에게 팔았다.

이 소식을 접한 엘렉트리온은 길길이 날뛰는 야생마처럼 분노를 주
체하지 못했다. 그에 못지않게 불안감에 휩싸인 이가 있었으니 바로
암피트리온이다. 아들 모두를 잃어 슬픔에 휩싸인 장인에게 자신의 결
혼을 승낙 받기란 힘들 것 같았다. 이제나 저제나 알크메네와의 결혼
을 꿈꾸고 있던 암피트리온은 그래도 일단 이야기나 꺼내보자는 심정
으로 이렇게 말을 전했다.

"왕이시여, 저는 알크메네 공주를 무척 사랑하고 있습니다. 단 한순
간도 공주를 마음속에서 지워본 적이 없습니다. 공주도 나를 사랑하고
있으니 결혼을 허락하여 주시옵소서."

그러자 엘렉트리온은 암피트리온에게 엄숙하게 말했다.

"나 또한 그 마음을 이해 못하는 바는 아니네. 하지만 지금은 안 되
네. 내 자식들이 타포스 놈들에게 어이없이 죽임을 당했고, 이 나라의
많은 소를 빼앗겼으니 일단 이를 수습하기 전까지는 허락할 수가 없
네. 다만 자네가 그렇게 내 딸과의 결혼을 원한다면 잃어버린 소를 모

두 찾아오고 타포스 놈들을 무찌르도록 하게. 이 두 가지 일이 해결된 후에 결혼을 허락하겠네."

하루라도 빨리 알크메네를 자기 여자로 만들고 싶었던 암피트리온은 우선 잃어버린 소를 찾고자 엘리스로 떠났다. 그곳에서 폴릭세노스를 만나 자초지종을 이야기한 암피트리온은 그의 배려로 너무나 손쉽게 소들을 되찾을 수 있었다. 암피트리온은 들뜬 마음에 일단 소를 데리고 미케네로 돌아왔다. 그가 소떼를 이끌고 돌아온다는 소식을 접한 엘렉트리온은 만면에 미소를 머금고 그를 마중 나왔다. 그런데 공교롭게도 소 한 마리가 도망치기 시작했다. 암피트리온은 급한 마음에 그 소가 도망치는 것을 저지하기 위해 손에 들고 있던 막대기를 힘껏 던졌다. 그런데 하필이면 그가 던진 막대기가 엘렉트리온의 정수리를 맞힌 것이다. 너무나 놀란 암피트리온은 왕에게 달려갔지만 이미 왕은 숨을 거둔 뒤였다.

엘렉트리온이 죽은 뒤에 미케네의 왕위는 그의 동생 스테넬로스가 차지하게 되었는데, 아무리 실수라고는 하지만 왕의 목숨을 앗아간 죄는 용서할 수 없었기에 암피트리온을 미케네에서 추방시켰다. 이에 암피트리온은 사랑하는 알크메네를 데리고 테베로 향했다. 그녀 또한 아버지와 형제가 죽고 없는 미케네에서 목숨을 부지하는 게 어려울지도 모른다는 생각에 순순히 그를 따라나섰다. 비록 추방자의 신세이긴 했지만 사랑하는 사람과 함께 한다는 것만으로도 알크메네는 무척이나 행복했다. 암피트리온은 테베의 왕 크레온에게 찾아가 그간의 일들을 이야기하고 테베에서 머물러도 좋다는 허락을 받았다. 이제 암피트리

암피트리온
알 크 메 네

온에게는 행복만이 펼쳐질 것 같았다. 그러나 문제는 다른 데 있었다. 알크메네가 그와의 동침을 거부하는 것이었다.

"알크메네, 도대체 왜 그러는 거야. 나는 네 생각만 하면 미칠 지경이라고. 난 너를 세상 그 누구보다도 사랑해. 하지만 아무리 사랑한들 너와 잠자리를 함께 할 수 없다면 무슨 소용이냐고. 너도 나를 사랑하잖아. 그런데 이게 뭐야. 정신적인 사랑? 그건 완전한 사랑이 아니라고. 나약한 작자들이나 하는 짓거리이지."

그러자 알크메네는 침착하면서도 비장한 목소리로 그에게 말했다.

"나도 알아요. 하지만 이해해 줘요. 내 가족 모두가 목숨을 잃어 이제 난 혼자랍니다. 아버지는 당신의 실수로 죽었다고는 하지만, 형제들의 원수가 타포스 섬에 버젓이 살아 있는데 그들에게 복수조차 하지 못하고 나 혼자 이렇게 숨을 쉬고 있잖아요. 그 원수를 갚기 전까지 난 당신과 사랑을 나눌 수 없어요. 형제들의 울부짖는 목소리가 이렇게 귓가에 맴도는데 나 혼자 사랑 놀음에 빠져 있을 수는 없어요. 내 맘을 이해한다면 제발 내 형제들의 원수에게 복수해 주세요."

그녀의 말을 들은 암피트리온은 달리 방법이 없었다. 그는 실수라고는 하지만 결과적으로 그녀의 아버지를 죽게 만든 장본인이기도 했으니 그녀의 말을 듣자 죄책감으로 얼굴이 붉어졌다. 이에 그는 그녀에게 당당히 말했다.

"알았어. 내가 무슨 수를 써서라도 원수를 갚고 돌아와 너와 행복한 일생을 보낼 테니 두고 보라고."

암피트리온은 큰소리를 쳤지만 막상 원수를 갚을 수 있는 뾰족한 묘안이 떠오르지 않았다. 하지만 알크메네를 생각하면 그는 무엇이든 해야만 했다. 잠시라도 알크메네와 떨어져 있으면 불안하고 초조할 정도로 그녀에게 빠져버린 그는 그녀가 원하는 일이라면 어떻게든 들어주고 싶었다. 여러 날을 생각하던 끝에 결국 묘책을 찾지 못한 그는 테베의 왕 크레온에게 도움을 청했다. 그러자 크레온은 그에게 다음과 같은 조건을 내걸며 협조를 약속했다.

"내가 기꺼이 자네를 도와줄 것을 약속하지. 그런데 한 가지 조건이 있네. 이 나라에는 아주 영악한 암여우 한 마리가 있는데, 한 달에 한 명씩 이 나라의 건장한 청년을 잡아먹는다네. 이 괘씸한 여우를 몰아내 주게. 그러면 내 군대를 자네에게 내주겠네."

암피트리온은 그 제의를 거절할 수가 없었다. 어떻게 해서든 사랑하는 사람을 얻기 위해 어떤 일이라도 하겠다고 마음먹었지만, 그 여우를 물리치는 방법 또한 떠오르지 않아 또 다시 며칠을 괴로워했다. 실상 이 여우는 아주 민첩하여 세상의 어떤 사냥개도 따라잡을 수가 없었다. 이 여우를 몰아내는 일에 골몰하던 암피트리온에게 어느 날 희소식이 들려왔다. 아테네의 케팔로스가 가진 사냥개라면 능히 그 여우를 물리칠 수 있다는 것이었다. 케팔로스는 이 개를 아르테미스로부터 선물 받았는데, 라이라푸스라는 이름의 이 사냥개는 매우 발이 빨라 세상 그 어떤 사냥감도 모두 잡아낼 수 있다고 한다. 드디어 해결 방법을 찾았다는 생각에 암피트리온은 만사를 제쳐놓고 케팔로스를 찾아가 도움을 청했다. 하지만 케팔로스에게 라이라푸스는 사냥개 이전에 친구와 다를 바 없는 존재였기에 다른 사람에게 내줄 수 없다며 그의

▬▬▬ **아르테미스의 사냥개 라이라푸스**

사냥의 여신 아르테미스가 아끼던 라이라푸스는 그 어떤 사냥감도 놓치지 않을 만큼 매우 발이 빨랐다.

부탁을 거절했다. 이에 암피트리온은 타포스 섬의 왕을 물리친 뒤 얻게 될 전리품의 반을 내어주겠다고 회유하여 라이라푸스를 간신히 손에 넣을 수 있었다.

그렇게 하여 케팔로스에게 사냥개를 빌린 암피트리온은 테베로 향했다. 그는 이미 여우를 사냥한 것처럼 이루 말할 수 없이 기뻤다. 군중들이 지켜보는 가운데 암피트리온은 여우 사냥을 시작했다. 절대 잡을 수 없는 날쌘 여우와 그 무엇도 놓치지 않는 발 빠른 사냥개의 쫓고 쫓기는 싸움은 좀처럼 끝이 보이지 않았다. 그러자 암피트리온의 가슴은 기대 반 우려 반으로 타들어가기 시작했다.

그런데 이 모습을 제우스가 우연히 보게 되었다. 사실 이 암여우는 제우스의 아내인 헤라가 풀어놓은 것이었는데, 헤라와 은근히 신경전을 벌이고 있던 제우스가 이를 보고는 헤라의 코를 납작하게 해줄 생각에 사냥개와 여우 모두를 돌로 변하게 했다. 때문에 암피트리온은 다행히 자신이 원하는 바를 얻게 되었다. 암피트리온은 의기양양하게 테베의 왕 크레온의 앞으로 나아가 그에게 군사를 요청했다. 또한 크레온의 군사 외에도 암피트리온의 숙부인 헬레이오스, 파노페우스, 로크리스 군대도 그와 함께 타포스 섬 정벌에 나섰다.

타포스 섬의 왕 프테렐라오스는 두려울 것이 없었다. 프테렐라오스는 아버지 포세이돈에게 황금 머리카락을 선물 받아 이를 자신의 머리에 심었는데, 그 머리카락이 빠지지 않는 한 그의 성은 그 누구도 침입할 수 없는 난공불락이 될 것이라는 예언까지 받은 터였기 때문이다. 그렇지만 그 사실을 알 리가 없었던 암피트리온은 프테렐라오스의 성

앞에 진을 치고는 성을 함락시키기 위해 오랜 시간 전쟁을 벌였다. 수차례 공격에도 무너질 기색이 없는 성을 바라보며 암피트리온은 점점 절망감에 빠졌다.

그런데 마침 고뇌하는 암피트리온의 모습을 성루에서 지켜보며 사랑에 빠진 한 여인이 있었다. 프테렐라오스의 딸 코마이토가 바로 그 주인공이다. 암피트리온이 자신의 아버지를 죽이러 온 적장이라는 현실조차 잊은 채 우수에 찬 그의 모습에 완전히 사로잡힌 코마이토는 어서 전쟁이 끝나 그를 가까이에서 만나고 싶었다. 게다가 혹여 그가 이 전쟁에서 죽게 되면 어떻게 하나 하는 마음에 매일 성루에 올라 그를 바라보며 마음을 졸였다. 이미 그녀의 마음속에는 암피트리온뿐이었다. 그렇게 시간이 흘러 그가 전쟁에서 이긴다면 자신과 결혼할 수 있을지도 모른다는 생각에 미친 코마이토는 성곽을 무너뜨릴 방법을 찾았다. 바로 아버지의 황금 머리카락을 뽑는 것이다.

그녀는 잠든 아버지에게 다가가 몰래 황금 머리카락을 뽑은 뒤 이를 가지고 암피트리온의 진영으로 다가갔다. 드디어 그녀가 그토록 원하던 암피트리온을 눈앞에 두게 되었다. 그녀는 용기를 내서 나지막한 목소리로 이렇게 말했다.

"저는 프테렐라오스의 딸 코마이토라고 합니다. 실은 오래전부터 성루에서 장군님을 내려다보았습니다. 그런데 당신을 처음 본 순간부터 내 마음속에는 온통 당신뿐입니다. 당신에게 이런 제 마음을 전하고자 이곳을 찾았습니다."

"아니 그렇다고 이 적진에 겁도 없이 왔단 말이냐? 필시 너는 이곳

을 정탐하러 온 것이 틀림없다. 여봐라! 이년을 당장 잡아 족쳐서 자백
을 받아내라."

너무나 놀란 코마이토는 암피트리온 앞에 엎드린 채 눈물을 펑펑 흘
리며 말을 이었다.

"잠깐만요, 장군님. 왜 내 진심을 이렇게 몰라주시나요? 지금까지
장군님이 아무리 성곽을 공격해도 이 성은 절대 무너지지 않았습니다.
당신만이 아니라 그 누가 공격한다 해도 이는 마찬가지일 겁니다. 그
건 바로 제 아버지의 머리에 심겨져 있는 황금 머리카락의 신비한 힘
때문이랍니다. 그런데 당신에 대한 사랑이 너무나 깊어진 나머지 저는
아버지를 배신했습니다. 아버지의 그 황금 머리카락을 뽑아 들고 바로
당신에게 찾아온 것이랍니다. 제발 저의 이런 진심을 받아주세요."

그러나 암피트리온은 불같이 화를 내며 그녀에게 호통을 쳤다.

"이런 천하에 발칙하고 불효막심한 년! 아무리 그렇기로 천륜을 어
기다니. 내 용서치 않을 것이니라. 당장 이년의 목을 쳐서 그 목을 그
녀의 아버지에게 보내라."

결국 코마이토는 사랑을 얻기는커녕 불효자라는 낙인만 찍힌 채 한
줌의 재가 되었다. 코마이토의 말을 듣고 승리를 확신한 암피트리온은
날이 밝자마자 성으로 쳐들어갔다. 딸의 배신으로 이제 신의 가호를
받을 수 없게 된 프테렐라오스는 종이호랑이와 다를 바 없었다. 암피
트리온의 칼날에 그는 목숨을 잃고 말았다. 이렇게 성을 함락시킨 후
암피트리온은 자신을 도왔던 이들에게 땅을 분배했다. 케팔레니아는
케팔로스에게 주었고, 그 밖의 땅은 헬레이오스에게 넘겨주었다. 암피

암피트리온
알 크 메 네

트리온에게는 타포스 섬이 중요한 것이 아니었다. 그저 알크메네에게 그녀의 형제들의 원수를 갚았다는 사실을 알려주는 것만이 중요했다. 그는 원수를 갚고 돌아온 자신을 사랑스러운 눈빛으로 바라보며 품에 안아줄 그녀의 모습이 떠올라 서둘러 테베로 향했다.

그러나 암피트리온은 모르고 있었지만, 그가 벌인 이 전쟁의 이면에는 신들의 이권 다툼을 위한 제우스의 계획이 숨어 있었다. 제우스는 신들 세계의 권력을 차지하기 위해 전쟁을 벌이던 중에 거인족 기간테스와 일전을 치러야만 했다. 기간테스는 천공의 신 우라노스와 대지의 여신 가이아 사이에서 태어난 아들들로, 가이아의 일족인 티탄 신족을 제우스가 지하 세계에 가둔 것에 화가 난 나머지 가이아가 기간테스를 신들의 전쟁에 참여시킨 것이다. 이에 제우스는 자신을 대신하여 이들을 물리칠 용감한 인간이 필요했다. 이에 자신의 씨를 받아 영웅을 낳을 수 있는 현명하고 아름다운 여성으로서 알크메네를 점찍어 놓았던 것이다. 때문에 알크메네를 임신시키기 위한 시간을 벌 요량으로 암피트리온을 그 전쟁에 참여시킨 것이다. 알크메네는 인간으로서는 제우스의 마지막 연인이 되었다.

암피트리온이 막상 전쟁에 나서자 알크메네는 왠지 모르게 불안하고 초조했다. 그녀도 이미 마음 깊이 암피트리온을 사랑하고 있었던 것이다. 불안감에 휩싸이다가도 한편으로 그의 넓고 강한 가슴에 안겨 사랑을 속삭일 날들을 생각하면 저절로 미소가 피어올랐다. 그런데 이런 감정에 휩싸인 그녀 앞에 암피트리온이 예고도 없이 갑작스레 나타난 것이다. 그러나 실제로 그 사람은 암피트리온으로 변장한 제우스였

147

다. 이제나 저제나 암피트리온이 돌아오기만을 기다리고 있던 알크메네는 암피트리온의 등장에 기쁨을 감출 수 없었다. 그녀는 그가 제우스일 거라고는 상상조차 하지 못한 채 그의 품에 안겨 그가 그토록 원하던 사랑을 나누게 되었다. 그와의 사랑은 좀처럼 끝이 나질 않았다. 알크메네는 누군가 밤의 길이를 늘여놓은 듯 느꼈다.

그렇게 달콤한 밤이 지나고 알크메네가 잠에서 깨었을 때 이미 제우스는 떠난 뒤였다. 하지만 알크메네는 지난밤에 그 사람이 암피트리온일 거라고 믿어 의심치 않았기에 곱게 치장하고는 그를 기다렸다. 그러나 그는 그날 다시 돌아오지 않았다.

그런 뒤 며칠 후 암피트리온이 승전보와 함께 알크메네를 찾아왔다. 하지만 알크메네는 그의 모습을 보고도 전혀 놀라는 기색이 없이 빙그레 미소만 지을 뿐이었다. 그런 그녀의 모습을 본 암피트리온은 이상하게 생각했지만, 그녀와 한시라도 빨리 사랑을 나누고 싶은 마음에 그녀를 침실로 이끌었다.

"알크메네, 내가 이 순간을 얼마나 기다려왔는지 당신은 절대 모를 것이오."

그러자 알크메네는 얼굴을 붉히며 이렇게 말했다.

"며칠 전 그렇게 뜨거운 밤을 보내고선 왜 오늘이 처음인 것처럼 말을 하세요."

하지만 욕정에 눈이 먼 암피트리온은 그 말이 끝나기도 전에 그녀를 품에 안았다. 폭풍이 몰아치듯 격렬한 밤이 지나자 암피트리온은 어제 그녀가 한 말이 갑자기 떠올랐다. 그녀가 꿈을 꾼 것이 아니라면 자신

키쿠스를 죽이는 헤라클레스

제우스는 자신과 알크메네 사이에서 태어난 아들 헤라클레스를 무척 사랑하여 그에게 뛰어난 힘과 씩씩한 기상을 주었다.

신화의 숲에서
사랑을 만나다

과는 이전에 사랑을 나눈 적이 없었기 때문이었다. 이에 암피트리온은 테베에 사는 테이레시아스라는 예언자에게 가서 도대체 어떻게 된 일인지를 물었다. 그러자 예언자는 이렇게 답해 주었다.

"제우스가 자네의 모습으로 변신해 알크메네와 하룻밤을 보낸 걸세. 제우스가 훌륭한 영웅을 낳기 위해 자네의 아내를 이용한 거라네. 그래서 그날은 밤의 길이가 평소보다 세 배나 늘어났다네. 이 사실은 자네 아내도 모르고 있네."

암피트리온은 그제야 아내의 말을 이해했지만 한편으로 분노가 타올랐다. 그토록 자신이 원했건만 알크메네는 그런 자신의 마음도 모르고 다른 작자에게 먼저 몸을 허락했다는 생각에 너무나 화가 났다. 하지만 그가 최고의 신 제우스를 상대로 싸울 수도 없는 일이었다. 집으로 돌아온 암피트리온의 머릿속에는 온갖 생각들이 교차했다. 알크메네에게 이 사실을 알리고 그녀와 헤어져야 할지 아니면 그대로 덮어두고 살아야 할지 고민에 빠졌다. 알크메네는 제우스를 암피트리온으로 생각하고 받아들였을 뿐이니 그녀에게 죄를 물을 수도 없는 일이었다. 한편으로 그녀와 사랑을 나누기 위해 오랜 시간 고생을 한 자신의 모습을 생각하면 너무나 억울했다. 결국 그는 그 사실을 가슴에 깊이 묻은 채로 그녀와의 결혼 생활을 지속하기로 결심했다.

알크메네는 제우스와 암피트리온의 아이 모두를 임신하게 되었다. 바로 쌍둥이였던 것이다. 그녀의 출산이 가까워지자 자신을 도와줄 최고의 영웅이 태어날 거라는 기대에 부푼 제우스는 이를 자랑하고 싶어 입이 근질거렸다. 그래서 그는 자신과 친한 몇몇 신들에게 이 사실을

150

헤라클레스와 이피클레스를 지키는 알크메네
제우스의 아내 헤라의 질투로 알크메네의 아이들은 때때로 목숨이 위태로운 순간을 맞이했다.

알려주었다.

"이제 얼마 후면 인간의 몸에서 내 자식이 태어날 걸세. 그는 지상에서 어느 누구도 당할 자가 없을 만큼 완벽한 영웅으로 자랄 거라네. 어떻게 생겼을지 벌써부터 기대가 되는군."

이러한 소식은 제우스의 아내 헤라에게도 전해졌다. 헤라는 사태를 파악한 뒤 일단 알크메네의 출산을 막고자 나섰다. 출산의 여신인 에일레이티아를 불러들여 어떤 방법을 써서라도 알크메네의 출산을 막으라고 지시한 것이다. 그러자 에일레이티아는 주술을 걸어 알크메네가 극심한 산통을 겪게 만들었다. 이 사실을 모를 리 없는 제우스는 안절부절 못했다. 만일 자신이 알크메네를 도와주면 자신이 그녀와 바람피운 것을 시인하는 꼴이 되니 선뜻 나설 수 없었다. 이에 헤라는 제우스를 볼 때마다 묘한 조소의 눈길을 보내곤 했다.

에일레이티아의 주술로 인해 이제 알크메네는 출산을 앞두고 숨이 거의 끊어질 것 같았다. 그녀가 출산을 하지 못하고 죽게 되면 제우스의 꿈도 한순간에 물거품이 되고 마는 것이다. 그 순간 알크메네의 한 시녀가 "아기가 태어났다!"며 큰 소리로 외쳤다. 그 소리에 깜짝 놀란 에일레이티아는 정말 아기가 태어났는지 확인하려고 일어나는 바람에 그녀가 걸었던 주술이 풀려버리고 말았다. 그 결과 누구의 목숨도 앗아가는 일 없이 쌍둥이가 무사히 태어났다. 이에 너무나 화가 난 헤라는 아기의 탄생을 알리려고 소리 높여 외쳤던 그 시녀를 족제비로 만들어버렸다.

쌍둥이는 헤라클레스와 이피클레스라는 이름을 얻었는데, 헤라클레

뱀을 죽이는 헤라클레스를 바라보는 암피트리온 부부
헤라는 헤라클레스가 태어난 지 얼마되지 않았을 때 두 마리 뱀을 그에게 보냈지만 이를 단번에 목졸라 죽여버렸다.

스는 제우스의 아들이었고, 이피클레스는 암피트리온의 아들이었다. 하지만 알크메네는 그러한 사실을 전혀 모르고 있었다.

한편 암피트리온은 쌍둥이가 태어났지만 기쁘기는커녕 생각할수록 화가 치밀어 견딜 수가 없었다. 게다가 제우스의 아들임이 너무도 분명한 헤라클레스는 아주 용맹한 청년으로 자라났지만, 그의 아들인 이피클레스는 그렇지 못하자 가슴이 무너지는 것 같았다. 제우스의 아들인 헤라클레스는 후에 그리스에서 가장 힘이 세고 또 가장 유명한 영웅으로 자라났다.

그 후 계속해서 그 비밀을 간직하며 살았던 암피트리온은 오르코메노스 왕인 에르기노스와 미니아스인을 상대로 싸우다가 결국 죽음을 맞이했다. 암피트리온이 죽은 후 알크메네는 크레타 섬의 라다만티스와 결혼하여 보이오티아에서 살았는데, 그녀는 죽은 뒤에 특별한 인간에게만 허용되는 행복의 섬으로 옮겨졌다고 한다. 이 모두 그녀의 순결을 앗아간 제우스의 배려 때문이었다.

판도라와 에피메테우스

여자의 아름다움이 가져온 가혹한 형벌

　'미리 앞을 내다보다'라는 뜻의 이름을 지닌 프로메테우스는 예언의 신으로, 티탄 신족 이아페토스의 아들로 태어났다. 올림포스의 12신들과 티탄 신족들 사이에 전쟁이 벌어졌을 때, 그는 자신의 출신과 상관없이 올림포스 신들의 편에 서서 싸웠다. 예지력이 있었던 프로메테우스는 티탄 신족에게 그의 지혜를 발판 삼아 싸울 것을 요청했지만 그들은 프로메테우스의 충고를 모두 무시했던 것이다. 이에 화가 난 프로메테우스는 올림포스 신들의 편을 들어 그들의 승리를 도왔다.

　전쟁이 끝나자 프로메테우스는 그의 뛰어난 손재주를 살려 파노페이아에서 발견한 진흙으로 인간을 빚었다. 이 모습을 호기심 어린 눈으로 바라보던 아테나 여신이 다가와서 그 진흙으로 빚은 인간에게 생기를 불어넣었다. 그러자 놀랍게도 진흙 인간은 생명을 얻어 움직이기 시작했다. 그 후 프로메테우스가 만든 인간의 수는 걷잡을 수 없이 늘어나 신의 수를 능가하게 되었다. 하지만 당시에는 생명이 있다고 해서 온전한 존재가 되는 것은 아니었다. 그 생물이 하나의 존재로 인정받으려면 제우스의 허락을 받아야만 했다. 그래서 프로메테우스는 자신이 만든 인간들을 모두 모아 제우스에게 보여주었지만, '빛남'이라는 뜻의 파에논이라는 아름다운 소년만은 몰래 감춰두었다. 하지만 이것을 모를 리 없는 제우스는 그 소년을 하늘로 데려와 별을 만들었는데, 목성이 바로 그것이다.

프로메테우스가 그럴듯한 피조물을 만들었다는 생각에 최고 신 제우스는 질투가 났다. 이를 참다못한 제우스는 프로메테우스에게 이런 제안을 했다.

"자네가 만든 인간들은 참으로 아름답고 그럴듯하네. 하지만 그들도 우리의 피조물이니 인간의 음식 중에 좋은 것들을 신들에게 제물로 바치도록 하게."

사실 제우스는 인간의 음식을 제물로 바치도록 요구한 뒤, 더 이상 인간이 신과 같은 음식을 먹을 수 없게 해 인간들을 굶겨 죽일 생각이었다. 이에 제우스는 신들의 음식과 인간들의 음식을 결정하자며 신들을 소집하여 회의를 열었다. 하지만 제우스의 의도를 파악하고 있었던 프로메테우스는 어떻게든 인간의 목숨을 살리기 위해 꾀를 냈다. 프로메테우스는 아주 건장한 소 한 마리를 잡아서 그 고기를 두 개의 꾸러미로 나누어 포장을 했다. 그 하나에는 내장과 기름덩어리를 싸고, 다른 하나에는 부드러운 살코기를 쌌다. 프로메테우스는 그 두 개의 포장을 제우스 앞에 내놓은 뒤 이렇게 말했다.

"존경하는 제우스여, 여기 똑같이 포장한 두 개의 꾸러미가 있습니다. 이 두 개의 꾸러미 중 하나를 선택하십시오. 그러면 제우스께서 선택한 것이 신들의 음식이 될 것이며, 다른 하나는 인간의 몫이 될 것입니다. 여기 모인 신들이시여! 나의 이 방식에 이의가 있습니까?"

그러자 신들은 제우스가 택하는 것이기에 당연히 좋은 결과가 있을 거라는 생각에 모두 동의했다. 일이 이쯤 되자 제우스는 어쩔 수 없이 하나를 선택할 수밖에 없었다. 제우스는 고개를 갸웃거리다가 그중 하나를 선택했다. 그것을 프로메테우스에게 넘겨주자 그는 신들이 보는 앞에서 그 꾸러미를 열어보았다. 그러자 거기에는 내장과 기름덩어리가 들어 있었다. 이때부터 인간들은 신들에게 동물의 내장과 기름덩어리를 제물로 바치게 되었다.

제우스는 부아가 치밀었지만 이미 정해진 일을 번복할 수 없었다. 대신 제우스는 인간들에게서 불을 빼앗았다. 그러나 프로메테우스는 자신의 피조물인 인간들이 어둠 속에서 두려워하는 모습을 차마 볼 수 없었기에 제우스 몰래 헤파이스토스의 대장간에서 불을 훔쳐내어 인간에게 전해 주었다. 밤이 되자 제우스는 인간들이 머물고 있는 세상을 내려다보았다. 그런데 캄캄해야 할 인간 세상이 무수한 불빛으로 가득한 것을 보게 되었다. 이 또한 프로메테우스의 짓임을 알게 된 제우스는 대노하여 불을 가지고 있던 헤파이스토스와 그의 하인 크라토스와 비아를 불러들였다. 그리고는 그들에게 쩌렁쩌렁 울리는 목소리로 이렇게 명령했다.

"지금 당장 프로메테우스를 잡아와라. 그를 잡아다가 인간으로부터 가장 멀리 떨어진 땅인 코카서스의 바위에다가 묶어놓도록 하라. 그러면 내가 독수리를 보내 그놈의 간을 쪼아 먹게 할 것이다."

결국 프로메테우스는 제우스가 보낸 독수리에게 영원히 간을 쪼아 먹히는 벌을 받게 되었다. 또한 프로메테우스는 불사신이었기 때문에 매일 그 같은 고통을 겪어야만 했다. 그러나 얼마 후 프로메테우스에게 자유가 찾아왔다. 제우스의 아들인 헤라클레스가 이 독수리를 죽인 것이다. 제우스는 자신의 아들이 그 누구도 헤치지 못했던 매서운 독수리를 죽였다는 사실에 기뻐 오히려 프로메테우스에게 더 이상 형벌을 가하지 않았다고 한다.

그러나 제우스의 복수는 여기서 그친 게 아니었다. 제우스는 프로메테우스가 만든 인간들에게 더 큰 고통을 주고 싶었다. 이에 제우스는 프로메테우스가 만든

고통 받는 프로메테우스
프로메테우스는 신들의 불을 훔쳐 인간에게 준 죄로 독수리에게 간을 쪼아 먹히는 형벌을 받았다.

인간보다 더 아름다운 인간을, 즉 최초의 여성 인간을 진흙으로 빚었
다. 이 진흙 인간에게 아테나는 생명과 옷을 주었다. 아프로디테는 아
름다움을, 헤르메스는 교활하고 배신하는 성질과 설득력을, 아폴론은
음악의 재능을 선물했다. 너무나도 아름다운 이 인간의 이름은 판도라
로 지어졌는데, 그 뜻은 '모든 선물을 받은 여인'이다.

제우스는 인간을 위해 판도라를 만들었다고 말했지만, 실상은 판도
라의 아름다움에 반한 인간들이 서로 헐뜯고 분쟁을 일으키게 하려는
의도가 숨겨져 있었다. 후에 제우스의 예상대로 판도라가 인간 세상에
내려온 뒤에 세상에는 아름다움이 보태졌지만 전과는 비교할 수 없을
만큼 복잡하고 미묘한 일들과 분쟁이 끝없이 일어나게 된 것이다.

제우스는 우선 프로메테우스의 동생 에피메테우스에게 판도라를 보
냈다. 이 일을 맡은 신은 헤르메스였다. 헤르메스는 여행자를 수호하
는 책임을 맡고 있었는데, 그는 누구보다도 제우스의 신임을 받는 전
령이었다. 제우스의 명에 따라 헤르메스는 판도라를 에피메테우스에
게 데려가 제우스의 선물이라는 명목으로 주었다. 에피메테우스는 판
도라를 보자마자 한눈에 반해 버렸다. 그녀는 흠잡을 데 없는 아주 완
벽한 아름다움 그 자체였다. 너무나 기쁜 마음에 에피메테우스는 그녀
를 곧바로 아내로 삼았다.

그런데 헤르메스는 판도라를 그에게 넘겨주면서 예쁜 상자 하나를
판도라에게 선물로 주었다. 그러나 이것은 겉모습만 예뻤지 제우스의
프로메테우스에 대한 적개심과 인간들을 멸망시키려는 의도가 가득
들어차 있는 악의의 선물이었다. 이 상자에는 인류의 온갖 재앙이 들

에피메테우스와 판도라
제우스가 만든 인간 여성 판도라에게 반한 에피메테우스는 형 프로메테우스의 만류에도 불구하고 그녀
를 아내로 삼았다.

어 있었으며, 선한 것이라고는 오직 '희망' 뿐이었다.

　한편 동생이 제우스가 만든 판도라라는 인간 여성을 아내로 맞아들
였다는 소식을 접한 프로메테우스는 불안감에 휩싸였다. 자신을 미워
하는 제우스가 동생에게 좋은 일을 할 리가 없다는 것을 알고 있었던

프로메테우스는, 게다가 제우스가 판도라에게 의심쩍은 상자 하나를 선물했다는 사실에 놀라 동생에게 이렇게 당부했다.

"에피메테우스! 판도라와 결혼해서는 절대 안 된다. 게다가 신들이 나에게 복수하기 위해 판도라에게 그 상자를 보냈을 거야. 혹여 판도라와 결혼한다 해도 절대로 그 상자를 열면 안 돼. 꼭 명심해라. 혹여 판도라가 열 수도 있으니 그리하지 못하도록 각별히 신경을 써야 해. 알았지?"

그러나 에피메테우스는 판도라의 아름다움에 취한 나머지 형의 말을 귀담아 듣지 않았다. 오히려 판도라와 황홀한 시간을 보낼 때마다 그녀가 원하는 것이라면 무엇이든 들어주겠다며 맹세하곤 했다. 판도라는 에피메테우스와의 결혼 생활이 꽤나 즐거웠지만 어느 순간에 이르자 점차 무료해짐을 느꼈다. 그러자 제우스에게 선물로 받은 상자에 대한 궁금증이 날로 커져갔다.

어느 날 그녀는 상자를 열어보기로 마음먹었다. 자신이 원하는 것이라면 무엇이든 해주겠다던 에피메테우스의 맹세가 있었기에 그녀가 열어본다고 해도 그가 크게 나무랄 것 같지도 않았다. 더군다나 프로메테우스가 나중에 그 상자를 혼자 독차지하려고 에피메테우스에게 그런 이야기를 했던 것인지도 모른다는 생각까지 들게 되었다. 결국 호기심을 이기지 못한 판도라는 상자를 조심스레 열었다. 그 안에는 형형색색의 빛들이 가득 들어 있었다. 이를 좀 더 보고픈 마음에 판도라는 상자를 활짝 열었다. 그 순간 상자 안에 빛들이 빠져나와 사방으로 날아가기 시작했다. 너무 놀란 판도라는 상자를 닫아버렸다.

신화의 숲에서
사랑을 만나다

상자를 두고 고민하는 판도라
판도라는 호기심을 참지 못하고 제우스가 선물한 상자를 열어보았다. 그 결과 온갖 악들이 세상으로 널리 퍼져나가게 되었다.

　　판도라의 상자 안에서 빠져나간 빛들은 인간에게 고통을 가져오는 온갖 악(惡)이었다. 슬픔과 질병, 가난과 전쟁, 증오와 시기 등 헤아릴 수 없는 수많은 재액들이 인간 세상을 가득 채웠다. 그런데 그 상자 안에는 미처 빠져나오지 못한 빛이 하나 있었는데, 바로 '희망'이었다. 그 후부터 인간은 어떤 어려움 속에서도 희망을 간직하며 살게 되었다고 한다.

　　판도라가 등장하기 전까지 인간이 살던 세상은 그야말로 낙원과 다를 바 없었다. 법률이라는 강제에 의하지 않고도 진리와 정의가 행해졌고, 위협을 가하거나 벌을 주는 일도 없었다. 대지는 인간이 밭을 갈고 씨를 뿌리며 노동하지 않더라도 인간에게 필요한 모든 것을 내주었다. 항상 봄의 계절만이 있을 뿐이었고, 씨를 뿌리지 않아도 나무들은 열매를 맺고, 시내에는 우유와 술이 흐르고, 노란 꿀이 상수리나무에서 떨어졌다. 그러나 판도라의 상자가 열린 이후로 인간은 먹고 살기 위해 노동을 해야만 했다. 모든 일을 하기 전에 고민이라는 감정이 찾아왔고, 육체는 온갖 질병들로 고통 받았다.

하지만 아이러니하게도 판도라는 그다지 큰 고통을 겪지 않아도 되었다. 그녀는 신족인 에피메테우스와 결혼한 사이였기 때문에 별다른 어려움이 없이 생활했다. 그렇게 편안한 생활 속에서 판도라는 자기와 똑 닮은 딸인 피라를 낳았는데, 그녀가 인간 세상의 두 번째 여자인 셈이다.

데우칼리온과 피라

인류의 판도를 바꾸다

판도라의 상자가 열린 이후로 인간들의 세계는 점점 폐허가 되었다. 비록 신들처럼 영원한 생명을 가진 것은 아니었지만 그전까지 인간들은 신들 못지않게 평온한 생활을 누려왔는데, 이 시기를 이른바 황금 시대라 할 수 있을 것이다. 이 시기에 인간 세계에는 남성뿐이어서 신들처럼 성적인 쾌락을 누리지는 못했지만, 그들은 여성도 남성도 아닌 아름다운 인간을 만들어 그들을 바라보며 즐거워하기도 했다.

하지만 판도라의 상자가 열린 이후로 인간들은 먹고 살기 위해 땀을 흘려야만 했는데 그전까지 무위도식했던 인간들에게는 참을 수 없는 형벌이었다. 이 시기를 은의 시대라고 한다. 아무리 괴롭다 한들 그러

164

구약 시대의 대홍수

이 그림에는 구약에 등장하는 의로운 인간 노아 외에도 그리스 신화의 주인공 데우칼리온과 피라 부부
가 등장한다.

나 다음에 오는 청동 시대보다는 그나마 형편이 나은 셈이었다.

판도라의 실수로 걷잡을 수 없는 온갖 악행들이 인간의 마음에 침투
하자 그들은 점점 타락하게 되었다. 끊임없는 분쟁과 혼란이 이어지자
세상은 지켜볼 수 없을 만큼 점점 추해졌는데, 이에 제우스는 인간 세
계에 홍수를 내려 인류 자체를 없애고자 나섰다. 제우스의 계획을 알
게 된 프로메테우스는 자신의 피조물이 세상에서 사라지는 모습을 그
저 지켜볼 수만은 없었다. 게다가 그의 아들인 데우칼리온의 아내 피
라는 판도라와 에피메테우스의 딸로, 그녀 또한 인간의 피를 물려받은

인간이었다. 때문에 프로메테우스는 아들을 불러 이렇게 말했다.

"얼마 후 인간들이 사는 이 땅은 완전히 물에 잠길 것이다. 제우스와 신들이 결정한 일이라 내 능력으로는 이를 막을 수 없다. 그러니 너는 커다란 배를 만들어 그곳에 먹을 것을 가득 실은 뒤 아내와 함께 배를 타거라."

프로메테우스의 예언대로 며칠 후 인간 세계에는 폭우가 쏟아졌다. 제우스가 북풍에게 비를 몰고 오라고 명령하자 폭우는 어느덧 폭포수처럼 쏟아졌고, 포세이돈은 바다와 강이 모조리 범람하도록 명령을 내렸다. 인간과 동물은 물론 인간이 지은 모든 건물들도 물에 쓸려갔다. 얼마 지나지 않아 물에 잠긴 인간들은 모두 목숨을 잃었고, 배에 타고 있던 데우칼리온 부부만이 살아남았다. 그렇게 꼬박 9일 밤낮을 떠돌던 데우칼리온 부부의 배는 세상에서 가장 높은 산인 파르나소스의 정상에 도착했다. 제우스는 이 부부 말고는 살아남은 인간이 단 한 명도 없는 것을 확인했다. 그리고 그들이 신을 경외하며 살아가는 모습을 보고는 목숨을 살려주었으며, 이어 북풍에게 명령하여 비구름을 쫓게 했다. 그러자 바다의 신 포세이돈도 아들 트리톤에게 소라고둥을 불어 세상에 가득 잠긴 물이 사라지도록 명령했다. 이에 복종한 물은 자기의 자리를 찾아 바다는 해안으로 돌아가고, 냇물도 제자리를 찾아 돌아갔다. 새롭게 펼쳐진 세상에 단 둘만이 남았음을 알게 된 데우칼리온은 아내 피라에게 이렇게 말했다.

"오, 피라여! 이 세상에 유일한 여인이여! 우리의 조상 프로메테우스가 새로운 종족을 만든 것처럼 우리도 그와 같은 능력을 가져 인간

데우칼리온
⊛
피 라

들을 갱생시킬 수 있다면 좋겠소.
그러나 이 일은 우리 힘으로는
힘겨울 테니 저기 있는 신
전에 가서 신들에게 장차
우리가 무엇을 해야 좋을
지 물어보기로 합시다."

　그들은 가장 가까운 테
미스의 신전을 찾아갔다.
하지만 한동안 물에 잠겨 있
던 신전은 이끼들로 더럽혀
져 있었다. 게다가 신들을
위한 거룩한 불은 오래전에
꺼져 있었다. 신심이 돈독

테미스 여신에게 기도 드리는 데우칼리온 부부
제우스가 홍수로 이 세상을 심판하자 세상에 살아남은 인간이라고는
데우칼리온과 피라 이 둘뿐이었다.

했던 그들은 땅에 엎드려 테미스 여신에게 간절히 기도를 올렸다.

　"위대한 우라노스와 자비로운 가이아의 딸 테미스 여신이시여. 우리
에게 지혜를 주소서. 어떻게 하면 멸망한 인류를 전과 같이 만들 수 있
는지 제발 가르쳐주십시오. 우리 두 사람이 죽으면 이제 인류는 완전
히 사라지고 마옵니다. 그러니 제발 인류를 다시 만들 수 있는 방법을
가르쳐주소서."

　이들의 간절한 기도를 들은 테미스는 근엄하면서 아름답고, 경건하
면서도 부드러운 목소리로 응답을 내려주었다.

　"내 너희들의 신을 섬기는 마음을 보았고, 다른 인간들과는 다른 정

직함을 보았으니 너희들의 간곡한 청을 물리칠 수가 없구나. 이제 너희에게 지혜를 줄 것이니, 내 말대로 하여라. 베일로 얼굴을 가리고 옷을 모두 벗은 채 원래 세상에 내려왔던 인간의 모습 그대로 이 신전을 떠나라. 그리고 너희 어머니의 뼈를 어깨 너머로 던져라."

데우칼리온과 피라는 테미스의 신탁을 듣고는 너무나 소스라치게 놀랐다. 죽은 사람의 시신을, 더군다나 어머니의 유골을 파낸다는 것은 상상조차 할 수 없는 일이었다. 차마 이들은 여신의 명을 따르지 못하고 한동안 침묵을 지켰다. 이에 피라가 먼저 침묵을 깨고 말했다.

"테미스 님, 저희는 그 말에 복종할 수 없습니다. 감히 부모의 유골을 더럽힐 수 없습니다."

그렇게 말한 뒤 이들은 무거운 마음으로 신전을 빠져나왔다. 그리고는 숲을 찾아 그곳에서 신탁에 대하여 곰곰이 생각해 보았다. 한참의 침묵을 깨고 데우칼리온이 입을 열었다.

"아무리 생각해 보아도 신탁의 의미는 우리가 알고 있는 게 아닌 것 같소. 만물의 위대한 어머니는 대지를 가리키니, 그렇다면 뼈는 돌을 지칭하는 게 아닐까 싶소. 그러니까 우리는 이 돌을 어깨 너머로 던지기만 하면 될 것 같소. 그렇게 한들 손해 볼 것도 없으니 일단 해보기로 합시다."

그들은 테미스의 신탁대로 베일로 얼굴을 가리고 옷을 벗은 뒤 돌을 주워 뒤로 던졌다. 그러자 그들이 던진 돌들이 마치 조각가의 손길에 닿아 반쯤 조각된 돌덩어리처럼 점점 인간의 모습을 취하기 시작했다. 돌에 묻어 있는 진흙은 살이 되고 딱딱한 돌은 뼈가, 돌의 결은 그대로

▨▨▨▨▨▨ **신탁의 말대로 행하는 데우칼리온 부부**
데우칼리온과 피라가 테미스 여신의 신탁대로 만물의 어머니 대지의 뼈인 돌을 뒤로 던져 인간을 만들
어내고 있다.

혈관이 되었다. 그렇게 하여 인간은 다시 만들어지기 시작했다. 데우
칼리온이 던진 돌은 남자가 되었고, 피라가 던진 돌은 여자가 되었으
니 이들이 인류의 조상이 되었던 것이다. 그 후 데우칼리온과 피라는
그들의 피를 물려받은 아이들도 낳았는데, 헬렌, 암픽티온, 프로트게
네이아, 티이아가 그들이다.

그렇게 인간들은 점점 번성했지만, 신들과 벌어진 관계는 좀처럼 회
복될 수 없었다. 더 이상 신들은 인간 세상에 내려오지 않았고, 인간은
신탁을 통해서만 신들의 말을 들을 수 있게 되었다.

멜람푸스는 예언력을 부여받은 최초의 인간으로 꼽힌
다. 그가 예언력을 얻게 된 데에는 다음과 같은 사연이 있다.

아미타온과 에이드메네 사이에서 태어난 멜람푸스는 그의 형 비아
스와 함께 필로스에서 어린 시절을 보냈다. 그러던 어느 날, 멜람푸스
는 메세네의 왕 폴리파테스를 따라 시골로 내려갔는데, 그곳에서 뱀
한 마리가 왕의 노예를 무는 사건이 일어났다. 격분한 왕은 뱀을 그 자
리에서 죽였는데, 이를 지켜보던 멜람푸스는 불쌍한 생각이 들어 뱀의
사체를 땅에 정성스레 묻어주었다. 그리고 돌아오던 길에 떡갈나무 줄
기 속에서 어미 잃은 뱀의 새끼들을 발견했다. 측은한 마음에 멜람푸
스는 손수 새끼 뱀들을 기르고자 집으로 데려왔다. 새끼 뱀들은 멜람

푸스가 어미라도 되는 양 그의 곁을 늘 따라다녔는데, 그가 잠이 들면 뱀들은 부드럽게 그의 귀를 핥아주었다.

그러던 어느 날, 잠에서 깬 멜람푸스는 자신에게 신이한 능력이 생겼음을 알게 되었다. 자신이 키우던 뱀이 하는 말은 물론이거니와 온갖 짐승들의 말까지 들을 수 있게 된 것이다. 잠시 후 알페이오스 강가에 아폴론 신이 머물고 있다는 짐승들의 말을 엿듣게 된 멜람푸스는 호기심에 그를 찾아 나섰는데, 그런 그의 능력을 알아본 아폴론은 멜람푸스에게 더 강력한 예언의 힘을 부여했다.

한편, 그의 형 비아스는 필로스의 왕 넬레우스의 딸인 페로를 사랑하게 되었다. 페로 역시 비아스를 보는 순간부터 사랑의 감정을 키워왔는데, 그러나 신분의 격차 때문에 넬레우스는 그들의 결혼을 쉽게 허락하지 않았다. 그러던 어느 날, 넬레우스는 비아스에게 이렇게 제안했다.

"그대가 나의 딸 페로를 사랑하고 있다는 것을 잘 알고 있네. 하지만 나에게는 둘도 없는 소중한 딸이라 그대에게 그냥 넘겨줄 수는 없네. 그래서 내가 그대에게 한 가지 제안을 할 것이니, 이를 수용하여 내 뜻을 이루어준다면 그대와 내 딸의 결혼을 허락하겠네."

그러자 비아스는 지체 없이 "무슨 말씀이든지 하소서. 원하시는 일을 꼭 성사시켜 사랑하는 페로와 반드시 결혼하겠나이다"라고 대답했다. 페로를 사랑하는 마음이 깊었던 그로서는 무엇이든 마다할 수가 없었다.

"테살리아 필라카이에 가면 필라코스라는 자가 있을 걸세. 그 자가

소유하고 있는 소를 데려오게. 그러면 그대와 내 딸을 결혼시켜 주겠
네. 이는 그대에게만 제안하는 것이 아니라네. 내 딸을 달라는 구혼자
들이 많이 있기에 그들에게도 똑같은 조건을 제시했네. 그러니 자네도
서둘러야 할 걸세."

　넬레우스의 면전에서 물러난 비아스는 답답하기만 했다. 자칫 잘못
하면 다른 경쟁자들에게 페로를 빼앗길 수도 있었다. 그는 고민해 보
았지만 자신의 능력으로는 필라코스의 소를 데려올 자신이 없었다. 그
소는 절대로 잠을 자지 않는 무서운 개가 지키고 있었던 것이다. 비아
스는 뾰족한 방법이 떠오르지 않자 머리를 쥐어 싼 채 침통한 표정을
지었다. 이런 그의 모습을 지켜보던 멜람푸스가 그에게 물었다.

　"왜 그러는 거야? 뭐 걱정거리라도 있어?"

　그러자 잠시 망설이던 비아스는 그간의 일들을 털어놓았다. 멜람푸
스는 자신의 유일한 형제인 비아스가 고민하는 모습을 지켜보며, 이에
짐승과 소통할 수 있는 자신이 대신 그 소를 훔치겠다고 마음먹었다.
그러나 그의 작업은 마음처럼 쉽게 성사되지 않았다. 소를 훔치다가
개에게 발각된 멜람푸스는 결국 소의 주인인 필라코스 앞에 끌려갔다.
그는 필라코스에게 자신이 소를 훔치려했던 이유를 설명하면서 제발
도와달라고 부탁했다. 형제의 사랑을 위해 자신을 희생하려고 한 그의
모습이 기특하게 느껴진 필라코스는 그에게 다음과 같은 조건을 제시
했다.

　"내 너의 가상한 마음을 높이 사겠다. 그러나 죄의 대가는 치러야 할
터, 이에 너를 감옥에 1년 동안 가두어둘 것인데, 출옥한 뒤에는 너에

게 소를 주겠노라."

그렇게 멜람푸스는 1년 동안 감옥에 갇혀 있어야만 했다. 시간이 흘러 멜람푸스의 형기가 거의 끝나가던 어느 날, 그는 감옥의 지붕에서 벌레들의 이야기를 들었다. 벌레들은 자기네가 들보를 거의 다 깎아 먹었으니 아마도 오늘 밤에 지붕이 내려앉을 것 같으니 다른 건물로 옮기자고 속삭였다. 이에 놀란 멜람푸스는 간수들을 설득하여 자기를 다른 감옥으로 옮겨 달라고 부탁하면서 그들도 다른 곳으로 몸을 피하라고 예언했다. 그의 예견대로 그날 밤에 그가 그전에 머물렀던 감옥의 지붕이 무너져 내렸지만 사람들은 다행히 참사를 피할 수 있었다.

이 소식을 전해 들은 필라코스는 멜람푸스가 벌레들의 이야기를 알아들었다는 사실은 모른 채 그저 그의 예언 능력에 놀라움을 감출 수 없었다. 이에 필라코스는 자신의 아들인 이피클로스가 자식을 못 낳고 있는데 이것이 어찌된 일인지 알려달라며 부탁했다. 그러자 멜람푸스는 그의 소를 내주면 그 문제를 해결해 주겠다며 그의 제의를 응했다. 필라코스는 자신의 모든 소를 선뜻 내주었는데, 멜람푸스는 이 가운데 두 마리를 잡아 새들에게 대접했다. 새들의 포식이 끝나갈 무렵 한 늙은 독수리가 그곳을 찾았다. 이 독수리는 필라코스의 지난 과오를 알고 있었다. 독수리는 멜람푸스에게 그 이야기를 해주었다.

"필라코스가 과거에 숫양을 거세한 적이 있어요. 그는 숫양의 피가 묻은 칼을 들고 아직 어렸던 이피클로스에게 다가갔어요. 그러자 어린 아들은 무서움에 비명을 질렀답니다. 이에 필라코스는 아들을 달래며 그 칼을 신성한 떡갈나무 밑에 묻었어요. 그러고는 지금까지 그 일을

신화의 숲에서
사랑을 만나다

까맣게 잊고 있었지요."

　이 이야기를 들은 멜람푸스는 독수리가 알려준 신성한 떡갈나무 아래를 파보았다. 그러자 정말로 숫양의 피가 굳어 있는 녹슨 칼이 나무 밑에서 발견되었다. 멜람푸스는 이피클로스에게 그 칼의 녹이 섞인 포도주를 10일 동안 계속해서 마시도록 권유했다. 그러자 놀랍게도 이피클로스는 얼마 후 아내의 임신 소식을 듣게 되었다.

　이렇게 하여 멜람푸스는 필라코스에게서 당당히 소를 얻어 필로스로 향했다. 그는 소를 넬레우스 왕에게 바치면서 자신의 형인 비아스와 공주 페로의 결혼을 허락해 달라고 청했다. 이에 넬레우스도 그의 청을 받아들일 수밖에 없었는데, 이렇듯 동생의 도움으로 비아스는 사랑하는 페로와 한평생을 함께 할 수 있게 되었다.

　한편 멜람푸스가 필라코스의 소를 얻게 된 게 그의 예지력 때문이라고 소문이 나 전국 각지에서 그에게 도움을 요청하는 이들이 몰려들었다. 마침 아르고스의 왕 프로이토스의 딸들이 까닭 없이 갑자기 미쳐버렸는데, 멜람푸스의 소문을 듣고 왕이 직접 그를 찾아와 딸들의 병을 고쳐달라며 부탁했다. 멜람푸스는 자신이 그녀들의 병을 고쳐주는 대가로 아르고스 왕국의 3분의 1을 달라며 프로이토스에게 제안했다. 그러나 프로이토스는 멜람푸스의 제안이 너무 터무니없다는 생각에 이를 거부했다. 그러자 딸들의 광기에서 그치지 않고 점점 아르고스의 여인들에게까지 퍼져나갔다. 광기 어린 그녀들은 자기가 소라고 생각해 산속을 헤맸으며, 또 자기 자식들을 죽이는 일까지 벌어졌다.

　상황이 이렇게 되자 프로이토스는 멜람푸스의 제안을 받아들이겠다

고 했다. 하지만 멜람푸스는 한 술 더 떠서 왕국의 3분의 2를 달라며
더한 조건을 제시했다. 어쩔 수 없는 상황에 프로이토스는 그의 제안
을 받아들였다. 이에 멜람푸스와 그의 형 비아스는 아르고스의 미친
여자들을 찾아내 그녀들을 아르테미스 신전으로 데려가 치료해 주었
다. 그러던 중에 프로이토스 왕의 딸 중 한 명인 이피노에가 죽었으며,
비아스도 아내 페로를 잃고 말았다. 그토록 사랑했던 페로를 잃은 비
아스의 마음은 찢어질 듯 아팠다. 하지만 그런 슬픔 속에서도 세월은
흘렀다. 그동안 멜람푸스는 프로이토스의 왕의 딸 이피아나사와 결혼
했으며, 세 아들을 낳았다. 프로이토스의 뒤를 이어 아르고스의 왕이
된 멜람푸스는 그의 형 비아스와 함께 아르고스를 통치하며 남은 생을
행복하게 살았다고 한다.

지하 세계에 핀 한 떨기 꽃

페르세포네와 하데스

제우스와 그의 형제들은 힘을 합하여 티탄 신족과의 싸움에서 승리를 거둔 뒤 티탄 신족을 지하 깊은 세계로 보내버렸다. 이렇게 삼형제는 천하를 얻었기에 그들에게는 이제 영역을 나누어 다스리는 일만이 남았다. 하늘과 바다 그리고 지하 세계를 서로 나누기로 하고 제비를 뽑은 결과, 제우스는 하늘을, 포세이돈은 바다를, 하데스는 지하 세계를 차지했다.

그렇게 이제 온 우주에 평화가 오는가 싶었는데 다시 그들에게 반기를 드는 신들이 몰려들었다. 그들은 티폰, 브리아레오스, 엔셀라두스 등으로 거인족 기간테스였다. 이 무시무시한 거인들은 힘이 장사인데다 어떤 자는 백 개나 되는 거대한 팔을 가지고 있었고, 어떤 자는 불

을 내뿜는 능력을 가지고 있어서 만만치 않은 적수였다. 하지만 그들
도 제우스 삼형제의 상대는 되지 못했다.

이들과의 전쟁에서 승리한 제우스는 기간테스들을 에트나 산 밑에
생매장시켰다. 하지만 이들은 불사신이었기 때문에 생매장 당한 채로
그 안에서 몸부림쳤다. 그들이 땅 속에서 도망치려고 몸부림칠 때면
섬 전체에 지진이 일어나 일대 혼란이 일어나곤 했다. 또한 그들의 숨
결이 산을 뚫고 올라와 때때로 용암이 분출되곤 했다.

한편 지하 세계를 다스리게 된 하데스는 이 거인들이 요동을 칠 때
마다 혹시나 자신이 구축한 왕국이 강렬한 햇볕 아래 드러나게 되는
건 아닐까 걱정하곤 했다. 그럴 때면 하데스는 검은 말이 끄는 이륜마
차를 타고 지상 이곳저곳을 살펴보곤 했다. 그러던 어느 날, 그날도 마
찬가지로 하데스는 혹여 자신의 왕국이 피해를 입지는 않았나 싶어 지
상을 시찰하고 있었다. 마침 에릭스 산 위에서 아프로디테가 자신의
아들 에로스와 산책을 하다가 시찰 중인 하데스를 보게 되었다. 이에
아프로디테는 에로스에게 이렇게 말했다.

"에로스야, 너의 사랑의 화살은 최고의 신 제우스까지도 정복할 수
있는 화살이잖니. 그러니 이번에는 네 화살로 저 지하 세계의 왕 하데
스의 가슴을 맞혀보거라. 아무래도 너와 나의 영토를 넓힐 좋은 기회
가 바로 지금인 것 같구나. 이 천상에도 우리의 힘을 우습게 보는 자가
있단다. 지혜의 여신인 아테나도 그렇고, 수렵의 여신 아르테미스도
우리를 무시하려고 들더구나. 게다가 대지의 여신 데메테르의 어린 딸
페르세포네마저도 아테나와 아르테미스처럼 자기의 미모를 뽐내며 나

를 무시하려고 하더구나. 그러니 이번에는 네가 이 어미를 위해 수고를 해주렴."

그러자 개구쟁이 에로스는 어머니의 복수보다는 그저 신나는 장난거리가 생겼다는 생각에 어머니의 말을 따랐다. 에로스가 고른 가장 예리한 화살은 하데스의 가슴을 향해 날아올랐다. 화살은 하데스의 가슴에 명중했고, 그 후부터 하데스의 가슴에는 지금껏 경험해 보지 못했던 알 수 없는 미묘한 감정이 솟아났다.

한편, 이렇게 아프로디테의 미움을 받던 페르세포네는 앞으로 어떤 일이 일어날지도 모른 채 엔나의 골짜기 숲에서 친구들과 한가로이 산책을 하고 있었다. 이 골짜기에는 숲으로 가려진 호수가 하나 있었는데, 호숫가를 둘러싸고 있는 숲은 햇볕이 강하게 내리쬐는 것을 막아주어 사시사철 꽃이 가득 피어 있었다. 이곳의 아름다운 풍광에 마음을 빼앗긴 봄의 여신이 항상 이곳에 머물 정도였다. 페르세포네도 이 호숫가를 너무나 좋아해 친구들과 종종 이곳을 찾아 대지에 가득한 백합과 오랑캐꽃을 따다가 자신을 꽃으로 치장하곤 했다. 그러나 페르세포네는 그녀가 치장한 꽃보다도 더 빛나는 아름다움을 자랑했다.

꽃보다도 더 아름다웠던 이런 페르세포네의 모습을 보게 된 하데스는 갑자기 가슴이 뜨거워졌다. 이것이 사랑의 감정이라고 느낀 하데스는 페르세포네에게 달려가 일단 그녀를 와락 껴안았다. 그의 억센 팔에 안긴 페르세포네는 빠져나오려고 발버둥 쳤지만 소용없는 일이었다. 정염으로 달아오른 하데스의 입술이 그녀의 고운 입술을 무자비하게 밀고 들어왔다. 페르세포네는 눈물을 흘리며 친구들을 향해 살려달라고 외쳤다.

"제발 놓아주세요. 애들아, 제발 나를 좀 도와줘. 엄마! 애들아!"

워낙 갑작스레 일어난 일이라 친구들도 그녀를 도울 여유조차 없었다. 조금 전까지 그녀를 치장하고 있던 꽃들은 그녀의 몸부림에 땅에 떨어져 땅바닥에 뒹굴었다. 그녀의 안타까운 마음을 대신하듯 땅에 떨어진 꽃들의 이파리마다 이슬이 송골송골 맺힐 뿐이었다. 하데스는 그녀의 애원에도 귀 기울이지 않고 일단 그녀를 마차에 태운 뒤 급하게 말을 몰았다. 키아네 강까지 달려간 하데스는 삼지창으로 강물을 쳤는데, 그 순간 대지가 갈라지면서 그의 지하 세계로 이르는 통로가 활짝 열렸다. 그렇게 하데스와 페르세포네는 지상에서 흔적도 없이 사라지고 말았다. 지상에 핀 가장 아름다운 페르세포네라는 꽃을 하데스가 무참히 꺾어버린 것이다.

페르세포네는 데메테르에게 하나밖에 없는 소중한 딸이었다. 그런 소중한 딸을 잃은 데메테르의 슬픔은 이루 말할 수 없었다. 그때부터 데메테르는 아무것도 먹지도 마시지

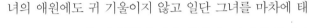
페르세포네를 납치하는 하데스
에로스의 화살을 맞은 하데스는 페르세포네를 보자마자 사랑에 빠져 그녀를 차지하기 위해 지하 세계로 납치했다.

도 않은 채 딸을 찾아 온 세상을 떠돌았다. 그녀는 낮과 밤이 따로 없
을 정도로 페르세포네를 찾는 일에만 몰두했다. 이른 아침에 새벽의
여신 에오스가 하늘을 비행할 때도, 헤스페로스가 저녁별을 대동하고
나타났을 때도 데메테르는 딸을 찾느라 여념이 없었다. 하지만 그녀의
눈물어린 노력에도 불구하고 아무런 소득이 없었다. 그렇게 며칠을 딸
을 찾아 헤매던 데메테르는 몸과 마음이 지친 나머지 돌 위에 주저앉
았다. 그런 뒤 낮에는 햇빛 아래에서, 밤에는 달빛 아래에서, 때로는
비를 맞아 가면서 꼬박 9일 밤낮을 그렇게 죽은 듯이 앉아 있었다.

그렇게 넋을 잃고 앉아 있는 동안 데메테르의 얼굴은 노파와 다를
바 없이 폭삭 늙어버렸다. 그런 데메테르를 켈레오스라는 한 노인이
발견했다. 켈레오스는 어린 딸과 함께 그들의 식량으로 쓸 도토리와
딸기, 그리고 땔감 등을 마련하여 집으로 돌아가던 길이었다. 마침 켈
레오스의 어린 딸이 노파로 변해 있는 데메테르의 곁을 지나가다 잠시
멈추어 서서 이렇게 말을 건넸다.

"어머니, 왜 바위 위에 홀로 앉아 계시나요?"

데메테르는 '어머니'라는 말에 깜짝 놀라 아이를 바라보았다. 너무
나 그립고 간절했던 그 어머니라는 말을 듣자 데메테르는 벅차오르는
감정을 주체할 수 없었다. 하지만 이내 자신을 부른 이가 페르세포네
가 아님을 알게 되자 얼굴에는 다시 수심이 가득해졌다. 켈레오스는
혹여 자신의 딸이 무슨 실수라도 한 것은 아닌가 싶은 마음에 데메테
르에게 이렇게 말했다.

"어떤 일 때문에 이렇게 슬퍼하시는지는 모르겠지만, 누추한 저희

집이라도 괜찮다면 잠시 쉬었다 가시는 건 어떨지요."

데메테르는 그들의 진심어린 말이 고마웠지만 일단 사양하며 이렇게 답했다.

"마음 써주셔서 정말 고맙습니다. 하지만 절 그냥 내버려두세요. 그리고 따님이 옆에 있는 것을 행복으로 여기세요. 저는 얼마 전 그토록 사랑했던 소중한 딸을 잃었답니다."

그녀의 이야기를 들은 켈레오스와 그의 딸은 노파로 변한 데메테르와 함께 목놓아 엉엉 울었다. 그런 뒤 노인은 겨우 눈물을 거두면서 다시 간청했다.

"우리와 함께 가시지요. 누추한 집이라고 탓하지 마시고요. 우리 집에 잠시 머물면서 몸을 추스른 다음에 다시 따님을 찾아 떠나시지요."

그제야 데메테르는 더는 물리치지 못하고 그들을 따라 일어섰다. 이렇게 함께 길을 걷는 동안에도 켈레오스는 계속해서 눈물을 흘리며 한탄 섞인 목소리로 데메테르에게 이렇게 말했다.

"부인, 저도 당신의 심정을 이해합니다. 제게도 아주 소중한 아들이 하나 있는데, 중병에 걸려서 일어나지도 못하고 매일 잠도 못 자고 보채기만 하니, 우리 가족은 살아 있어도 사는 게 아니랍니다."

그 말을 들은 데메테르는 그의 집을 가는 동안 양귀비 열매를 몇 개 따서 주머니에 넣었다. 켈레오스의 집에는 그의 말대로 회복할 가능성이라곤 전혀 보이지 않는 어린 아들이 침대에 누워 있었다. 그리고 그 곁에는 켈레오스의 아내인 메타니가 안쓰러운 표정으로 아들을 보살피고 있었다. 데메테르는 아이를 보자마자 허리를 구부려 입맞춤을 했다. 그러자 아이의 창백했던 얼굴에 붉은 화색이 돌기 시작한 것이다. 이에 가족들은 너무나 기뻐하며 데메테르에게 감사의 인사를 전했다. 심성이 착한 이 부부는 없는 형편에도 불구하고 딸을 잃은 데메테르의 원기를 북돋아주기 위해 정성스레 음식을 준비했다. 그들이 차린 음식으로 식사를 하면서 데메테르는 병든 아이의 몫인 우유에다 오는 길에 주웠던 양귀비 열매의 즙을 몰래 섞었다. 그렇게 식사를 마친 뒤 그 아이는 다른 날과 달리 깊은 잠에 빠졌다.

밤이 되어 모든 가족들이 잠에 들자, 데메테르는 아이를 화로의 재에 눕힌 뒤 사지를 주무르며 주문을 걸었다. 이 가족들의 따뜻한 마음에 보답하고자 그 아이를 불사의 몸으로 만들어주려고 했던 것이다. 그런데 이 모습을 아이의 어머니가 보게 된 것이다. 이에 기겁한 메타니는 데메테르에게서 아이를 빼앗아 가슴에 안았다. 그녀의 모습을 지켜보던 데메테르는 어느새 노파에서 여신의 본모습으로 돌아왔다. 그런 뒤 실망한 목소리로 이렇게 말했다.

"아들에 대한 그대의 애정이 너무 지나쳤네. 나는 그대의 아들을 불사신으로 만들어주려고 했는데 당신이 모든 일을 망치고 말았소. 하지만 이 아이가 자란 뒤에 내가 직접 이 아이에게 여러 농사 기술들을 가르쳐줄 것이니 다시 데려오시오."

여신의 모습으로 돌아온 데메테르의 몸에서는 천상의 빛이 뿜어져 나왔는데, 이 빛이 온 집 안을 가득 메웠다. 이 광경에 놀란 메타니를 뒤로 하고 데메테르는 훌쩍 길을 떠났다. 메타니는 남편에게 간밤에 일어났던 이야기를 모두 들려주었고, 그는 사람들을 불러 모아 데메테

인간들에게 은총을 베푸는 데메테르

대지와 곡물의 여신인 데메테르는 인류에게 큰 은혜를 베푼다고 하여 올림포스의 12신들 중 가장 숭배되었다.

183

르를 섬기는 신전을 지었다. 또한 데메테르의 은총을 받은 이 부부의
아들은 언제 병을 앓았냐는 듯 건강을 되찾았다.

데메테르는 다시 딸을 찾고자 끊임없이 이 땅에서 저 땅으로, 바다
와 강을 건너며 세상을 헤맸다. 결국 그녀는 처음 출발했던 곳인 시칠
리아 섬으로 돌아와 키아네 강둑에서 홀로 고민에 빠져들었다. 데메테
르는 누구보다도 아름다웠던 딸 페르세포네가 이 땅에서 흔적도 없이
사라진 것이 도무지 이해되지 않았다. 그런데 데메테르가 서 있는 키
아네 강둑은 하데스가 페르세포네를 끌고 자기의 영토로 달아난 장소
였던 것이다.

이렇게 수심에 가득 찬 데메테르의 모습을 몰래 지켜보고 있던 이가
있었으니 키아네 강을 지키는 님프였다. 그 님프는 하데스가 페르세포
네를 끌고 지하 세계로 가는 모습을 목격했지만, 하데스가 두려워서
차마 말을 꺼낼 수 없었던 것이다. 때문에 데메테르에게 무언가 암시
라도 주고 싶었던 강의 님프는 페르세포네가 하데스에게서 도망칠 때
떨어뜨린 허리띠를 바람에 나부끼게 하여 데메테르의 발밑에 떨어뜨
렸다. 그러나 오히려 데메테르는 그 허리띠를 보고는 필시 딸이 죽었
음이 틀림없다고 확신하게 되었다.

그동안 데메테르는 페르세포네가 누군가에게 납치되었지만, 그래도
어딘가에서 살아 있을 거라고 믿어왔다. 그래서 신의 음식도 먹지 않
고 그저 딸의 행방을 찾아 돌아다녔던 것이다. 그러던 그녀에게 딸의
허리띠가 눈에 띄었으니 흡사 하늘이 무너지는 것만 같았다. 데메테르
는 페르세포네의 죽음이 너무나 억울해 견딜 수 없었다. 이에 그녀는

페르세포네가 사라진 대지에게 화
풀이를 대신했다.

"대지야, 배은망덕한 대지야! 지
금껏 나는 너를 비옥하게 가꾸어주
고 풀과 자양분이 그득한 곡식으로
덮어주었는데, 네가 나를 이렇게
슬픔에 빠뜨리게 할 수 있느냐. 이
제 앞으로는 네게 베풀었던 모든
은총을 거두어버릴 것이다."

그렇게 데메테르가 은총을 거두
어버린 이후로 대지에서 살아가던
생물들은 차츰 생명을 잃어갔다.
멀쩡하던 쟁기는 밭고랑을 갈다 부
서졌으며, 그러다보니 씨앗은 싹을

대지의 여신 데메테르
대지와 곡식의 여신 데메테르는 손에는 낫을 쥐고, 머리
에는 곡물의 이삭으로 만든 관을 쓴 모습으로 묘사된다.

틔울 수 없었다. 해마다 가뭄과 장마가 연속되어 밭에는 가시덤불만
무성히 자랐다. 곡식이 자라지 않아 아무것도 먹지 못한 동물과 인간
들도 하나둘 죽어갔다. 이에 인간은 물론이거니와 신들도 데메테르에
게 찾아가 대지를 향한 그녀의 저주를 풀어줄 것을 요청했지만, 데메
테르는 고집스레 켈레오스가 지어준 신전에만 처박힌 채 세상 밖으로
나오질 않았다. 오히려 그녀는 딸을 다시 만날 때까지 대지에서 다시
는 열매가 열리지 않게 될 거라며 더한 저주를 퍼부었다.

이렇게 온 세상이 황폐해져 가는 모습을 지켜보던 샘의 님프 아레투

사는 안타까운 마음에 데메테르에게 이렇게 고했다.

"데메테르 님, 대지는 아무런 잘못이 없어요. 대지는 하데스 님이 너무나 무서워 어쩔 수 없이 페르세포네가 지나가도록 길을 열어준 죄밖에 없답니다. 저는 일전에 지하 세계에서 페르세포네를 본 적이 있어요. 사실 저는 엘레스의 숲을 지키는 님프였답니다. 어느 날 숲에서 목욕을 하고 있는데 이런 저를 강의 신 알페이오스가 보게 되었어요. 그는 계속해서 저를 쫓아다니며 사랑을 고백했지만, 저는 너무나 무서운 나머지 도망치기 급급했답니다. 그렇게 달아나던 중에 여신 아르테미스 님을 만나게 되었어요. 아르테미스 님께 이런 사정을 이야기하자 그가 저를 발견하지 못하도록 샘으로 변신시켜 주었죠. 그러나 알페이오스는 변신한 저를 알아보고는 자기의 물을 저의 물과 섞으려고 했어요. 그러자 그의 행동을 저지하기 위해 아르테미스 님이 지면을 갈랐어요. 그렇게 하여 저는 지구의 내부를 돌아서 이 시칠리아 섬의 샘이 되었어요. 그런데 제가 지구의 밑바닥을 통과할 때 당신의 따님인 페르세포네를 보았어요. 하데스 님의 바로 옆에 앉아 있던 그녀는 슬픈 표정을 짓고 있었어요. 아무래도 그녀는 어둠의 여왕 에레보스가 된 것 같아요."

아레투사의 이야기를 들은 데메테르의 머릿속은 복잡해졌다. 데메테르는 남동생이었던 제우스와의 사이에서 페르세포네를 낳았다. 데메테르는 진실로 제우스를 사랑했지만, 바람기 다분했던 제우스는 얼마 지나지 않아 그녀와 딸을 외면한 채 다른 여신들과 사랑 놀음에 빠졌다. 때문에 데메테르는 아비 없는 페르세포네를 더욱 애지중지 키웠던 것이다. 게다가 제우스는 페르세포네가 어렸을 때 한 번 찾아와서는 나중에 페르세포네가 성인이 되면 그의 형 하데스와 결혼시키자고 요구한 적이 있었다. 제우스는 하데스를 자기 손아귀에 넣고 싶었기에 데메테르에게 그런 요구를 했던 것이다. 당연히 데메테르는 제우스의 제안을 거부했지만, 그들 형제의 계략은 이미 그녀 모르게 진행되고 있었던 것이다.

데메테르는 너무나 기가 막혔다. 분노가 하늘 끝까지 치솟은 그녀는 대지를 향한 저주를 멈추기는커녕 더한 저주를 내렸다. 이윽고 인간들이 굶주려 목숨을 잃게 되자 그들의 숭배를 받지 못하게 된 신들도 난감해졌다. 신들의 회의에서도 이 문제가 논의되었고, 결국 제우스 자신이 문제를 풀지 않으면 안 되었다. 때문에 제우스는 데메테르에게 이렇게 부탁했다.

"데메테르, 그대의 고통을 내 모르는 바는 아니나, 인간들이 다 죽어가고 있고 그 영향이 신들에게도 미치고 있으니 속히 대지를 향한 분노를 거두길 바라오."

하지만 그녀는 고개를 가로저었다.

"내 딸 페르세포네를 돌려주기 전까지 절대로 그럴 수 없어요. 누가 뭐라 해도 들은 척도 않을 거예요."

결국 제우스는 하데스가 페르세포네를 데메테르에게 돌려주는 수밖에는 방법이 없다는 것을 깨달았다.

"데메테르, 그대의 말대로 그렇게 할 것이오. 하지만 조건이 있소. 이건 나도 어쩔 수 없는 일로, 만일 페르세포네가 지하 세계에서 어떤 음식이든 먹었다면 그곳의 규칙대로 하데스의 왕국에 머무를 수밖에 없소. 그 규칙은 당신도 이미 알고 있을 것이오."

말을 끝낸 제우스는 그가 가장 신뢰하는 전령 헤르메스를 불러 이렇게 명했다.

"헤르메스, 어서 지하 세계로 내려가서 하데스에게 이제까지 일어났던 일을 소상히 이야기하고, 내 입장을 생각해 페르세포네를 데메테르에게 돌려보내라고 전하라. 어떻게든 이 일을 성사시키고 돌아와야 하느니라."

헤르메스는 제우스의 명에 따라 봄의 여신과 함께 하데스에게로 향했다. 한편 제우스는 자신의 어머니 레아를 데메테르에게 보내어, 인간 세계에 흉작이 멈출 수 있도록 데메테르를 설득해 줄 것을 부탁했다. 레아는 제우스의 부탁을 받아들여 데메테르를 만나기 위해 그녀가 머물고 있는 신전을 찾아갔다.

"내 딸이여. 너를 만나고자 이 어미가 먼 길을 돌아왔단다. 이제 그만 고집을 꺾고 신들의 세계로 올라오렴. 이곳에서 홀로 슬픔에 쌓여 고생하고 있는 너를 보는 이 어미의 마음도 편치가 않구나. 그러니 더는 고생하지 말고 신들의 세계로 올라가자. 제우스가 하데스에게 전령을 보내어 페르세포네를 데려다주기로 했으니, 이제 너는 신들의 세계에서 네 딸을 기다리기만 하면 된단다. 물론 페르세포네가 실수로 하데스 왕국의 음식을 먹었다면 제우스나 나로서도 어쩔 수 없다만, 설령 그렇다고 해도 1년에 네 달만 하데스에게 가면 될 것이니, 그래도 너와 나머지 여덟 달은 함께할 수 있으니 얼마나 다행이냐. 자! 그러니 진정하고, 너만이 줄 수 있는 생명을 이제 대지와 인간에게 돌려주렴."

데메테르는 지혜로운 딸 페르세포네가 그곳의 음식을 먹었다고는 생각조차 하지 않았다. 어쨌든 그토록 그리운 딸을 다시 만나게 된다는 생각에 들뜬 데메테르는 다른 생각은 아예 하지도 않았다.

"알았어요. 하지만 저는 페르세포네를 이곳에서 맞이할 거예요. 정말로 내 딸이 돌아온다면 그때 딸과 함께 신들의 세상으로 올라가겠습니다."

조금 마음이 풀린 데메테르는 딸이 돌아오기를 기다리는 동안 세상을 둘러보았다. 자신의 분노 때문에 힘겨워하는 생명의 소리를 들은 그녀는 우선 들판을 향해 눈을 돌렸다. 그러자 황량했던 대지가 서서히 푸른 움을 틔었고, 이윽고 열매를 맺기 시작했다. 또 자신이 머물렀던 신전을 지은 켈레오스와 그의 병약했던 아들이 생각나 그들을 불러들여 농사의 기술을 가르쳐주었다.

데메테르가 분노를 멈추어 대지가 소생하고 있는 동안, 하데스의 지하 세계를 급히 방문한 헤르메스는 페르세포네가 하데스와 나란히 앉아 있는 것을 보았다. 페르세포네는 전혀 행복해 보이지 않았다. 헤르메스는 하데스 앞으로 나아갔다.

"하데스 님, 나는 제우스 님의 명을 받고 페르세포네를 데리러 왔습니다. 지금 페르세포네의 어머니 데메테르의 분노로 인해 인간들의 세계가 멸망할 지경입니다. 그러니 페르세포네를 지금 당장 데메테르 님에게 돌려보내 주십시오."

헤르메스의 이야기를 들은 페르세포네는 갑자기 얼굴에 화색이 돌더니 지상으로 나갈 채비를 꾸렸다. 하데스도 제우스의 명령이 내려온 이상 페르세포네를 돌려보낼 수밖에 없었다. 하지만 그녀를 보내기가 너무도 아쉬웠던 하데스는 한 가지 꾀를 내었다. 잠시 후 떠나려는 페르세포네에게 하데스가 이렇게 말했다.

"내가 너를 강제로 데려오긴 했지만 너를 너무나 사랑한 나머지 그랬던 것이니 나쁘게 생각은 마라. 지금도 내 사랑은 변함이 없다. 떠나는 너에게 마지막으로 나의 위대한 능력을 얻을 수 있는 이 열매를 줄 터이니 받아먹어라."

그러면서 하데스는 페르세포네에게 석류 한 알을 내밀었다. 그녀는 어머니를 빨리 만나고 싶은 마음에 아무런 의심 없이 그 자리에서 석류를 받아먹었다. 그것은 다시 지하 세계로 돌아올 수밖에 없도록 하려는 하데스의 흉계였지만 페르세포네는 알 리가 없었다.

그녀가 석류를 먹는 것을 회심의 미소를 지으며 바라보고 있던 하데스는 화려한 황금 이륜마차를 준비시켰다. 그 마차에 페르세포네를 타게 하고는 그 말의 고삐를 헤르메스에게 넘겨주었다. 헤르메스는 그 마차의 말고삐를 잡고 말들을 몰아 데메테르가 있는 신전으로 곧장 달려갔다.

신전에서 이제나 저제나 하루를 천 년처럼 지루하게 기다리고 있던 데메테르는 페르세포네가 오고 있다는 소식을 듣자마자 가벼운 걸음으로 딸을 맞이하러 달려 나왔다. 얼마나 애타게 찾았던 딸과의 만남이었던가. 페르세포네는 어머니를 보자 곧바로 그녀의 품속으로 달려들어 꼭 안겼다.

페르세포네를 납치하는 하데스
하데스에게 끌려갔던 페르세포네는 어머니 데메테르 때문에 다시 지상으로 나올 수 있었지만, 하데스의 계략에 넘어가 1년의 3분의 1 동안에는 지하 세계에서 머물러야만 했다.

두 모녀는 그저 다시 만났다는 행복에 취해 시간 가는 줄 모르며 그 간의 일들을 이야기했다. 그런데 꼬리에 꼬리를 무는 이야기는 결국 페르세포네가 떠나던 날의 이야기까지 이르렀다. 그리고는 떠나는 순간에 하데스가 준 석류를 먹었다는 이야기를 페르세포네는 자랑스럽게 이야기했다. 페르세포네는 자신이 하데스의 위대한 능력을 얻었다는 생각으로 이야기를 한 것이었지만 하데스 세계의 비밀을 알고 있던 데메테르는 너무 놀란 나머지 비명을 질렀다.

영문을 몰랐던 페르세포네는 데메테르에게 왜 그런지를 물었지만

191

잠시 머뭇거리던 데메테르는 애써 태연한 척하며 입을 다물었다. 레아가 이야기했던 대로 데메테르는 결국 사랑스러운 딸과 1년에 네 달 동안 떨어져 지내야만 했다.

페르세포네가 하데스가 건넨 음식을 먹었다는 소식을 들은 제우스는 그녀에게 매년 3분의 1은 하데스의 왕국에서 그의 아내로 지내야 한다고 통보했다. 그 후부터 페르세포네는 봄 여름 가을에는 데메테르와 겨울은 하데스와 생활하게 되었는데, 그러다보니 씨앗을 지배하는 신이었던 페르세포네가 지상에 있는 동안에는 대지에 씨앗이 싹을 틔웠지만, 그녀가 지하 세계로 가는 겨울에는 씨앗이 땅속에서 잠을 자게 된 것이다. 겨울에는 씨앗도 싹을 틔우지 못하다보니 인간들도 겨울에는 휴식을 취하면서 페르세포네가 지상으로 돌아오는 때를 기다리곤 했다.

대지의 여신인 데메테르는 해마다 겨울이 되면 슬픔에 휩싸였다. 겨울마다 딸을 그리워하는 데메테르의 한숨은 싸늘한 냉기가 되어 대지를 지배했으며, 딸이 돌아오는 봄이면 데메테르의 따스한 미소가 햇살이 되어 온 세상을 감쌌다. 또한 지하 세계에 갔던 페르세포네의 발자국 소리가 들리기 시작하면 씨앗들은 대지 위로 나오기 위해 심호흡을 하기 시작했고, 잠자고 있던 따뜻한 바람도 북풍을 물리치며 온기를 전하기 시작했다.

페르세포네는 캄캄한 지하 세계를 다스리는 왕의 아내가 된 후로는 과거의 그 쾌활했던 모습이 많이 사라졌다. 물론 그녀는 매년 봄마다 지상으로 나왔지만, 그녀가 지하 세계를 생각하는 날이면 꽃샘바람이 불어서 인간 세상에는 겨울 못지않은 추위가 닥쳐온다. 또한 억지로 하데스의 아내가 되었다는 생각에 분노가 치미는 날이면 홍수와 거센 바람이 대지를 찾아오기도 한다. 이렇듯 데메테르와 페르세포네는 지금도 우리 곁을 떠나지 않고 대지를 지배하고 있다.

데메테르와 포세이돈

모정을 짓밟은 욕정

데메테르가 페르세포네를 찾느라 올림포스에서 열리는 신들의 회의에도 참석하지 않고 지상을 방황하며 돌아다녔을 무렵의 이야기다. 식음을 전폐한 채 여위어가는 그녀의 모습을 지켜본 신들은 측은한 생각이 들어 그녀에게 다가가 위로해 주었다. 한편으로 몇몇 남신들은 데메테르에게 야릇한 감정을 품었는데, 그녀를 향한 연민의 정이 점점 욕정으로 바뀌었던 것이다.

그런 남신들 가운데 그녀의 오빠 포세이돈이 대표 주자였다. 포세이돈은 동생의 슬픔이나 애절한 마음에는 전혀 관심도 없이, 그녀를 어떻게 하면 품에 안아볼까 하는 생각부터 앞섰다. 그렇게 기회를 노리던 포세이돈은 그녀가 아르카디아를 혼자 지날 때 강제로 범하려 들었다.

194

데메테르와 포세이돈

오래전부터 데메테르에게 눈독을 들였던 포세이돈은 딸을 잃은 슬픔에 힘들어하던 그녀를 강제로 범해 쌍둥이를 임신시켰다.

　"아니, 이게 무슨 짓이에요. 오라버니는 내가 지금 어떤 처지에 있는지 잘 알고 있으면서 위로는 못할망정, 도와주지는 못할망정 이게 무슨 일이랍니까!"

그녀는 완강히 저항하며 포세이돈에게서 빠져나가려 애썼다. 그러면 그럴수록 포세이돈은 더욱 그녀를 끌어당겨 꼼짝 못하도록 강하게 안았다.

　"데메테르야. 내 비록 제우스에게 먼저 너를 빼앗기긴 했다만 그전부터 너를 사랑했단다. 너의 일은 물론 안타깝다만, 너를 향한 사랑의 감정에 괴로워하는 내 모습도 좀 돌아봐주렴."

　하지만 데메테르는 페르세포네를 찾는 일 외에는 그 어떤 것도 눈에 들어오지 않았다. 그렇다고 포세이돈 또한 쉽게 물러서지는 않았다. 포세이돈은 여기까지 진행된 상황에서 물러선다면 자존심마저 구겨질 것 같다는 생각에 일단 자신의 입술을 그녀의 입술 위에 포갰다. 다급해진 데메테르는 일단 암말로 변신하여 말떼 사이에 숨었다. 하지만 이것도 마음대로 되지 않았다. 포세이돈은 말의 신이기도 했기에 그도 재빨리 수말로 변신했는데, 결국 그는 말의 모습으로 데메테르를 범하고야 말았다.

　포세이돈은 그토록 원하던 여신과 사랑을 나누었기에 기쁨이 절정에 달했지만 데메테르는 기쁨을 느끼기는커녕 우울해질 뿐이었다. 포세이돈은 여기서 멈추지 않고 데메테르에게 달려들어 또 다시 그녀를 범했다. 포세이돈 혼자만의 격렬한 열정으로 이뤄진 두 번의 정사로 인해 데메테르는 쌍둥이를 임신하게 되었다. 그런데 이들이 말로 변신하여 정사를 나눈 탓인지 한 마리 말과 반인반수의 아이가 태어났다. 데메테르는 이들의 이름을 아레이온과 데스포이나라고 지었는데, 아레이온은 신마(神馬)가 되었고 데스포이나는 머리가 말인 우스꽝스러운 모습의 여신이 되었다.

그 후 데메테르는 여전히 딸의 행방을 찾기 위해서 종종 인간의 모습으로 세상을 둘러보았다. 그렇게 지상을 헤매던 데메테르는 자신에게 친절히 대해 주는 사람에게는 농업의 지혜를 가르쳐주었고, 불친절하게 대하는 자에게는 벌을 내리곤 했다.

한번은 데메테르가 엘레우시스에 이르렀는데, 한 노파가 그녀의 지친 모습에 동정심이 일어 보릿가루와 박하를 섞어 끓인 죽 한 사발을 권했다. 모처럼 먹게 된 음식이 입맛에 맞았던 데메테르는 허겁지겁 죽을 들이켰다. 이를 지켜보던 노파의 어린 아들 아스칼라보스는 데메테르의 그 모습이 우스꽝스러웠는지 그녀를 놀려댔다. 그러자 가뜩이나 심란했던 데메테르는 먹다 남은 곡물 죽을 아스칼라보스의 얼굴에 끼얹었다. 그렇게 데메테르의 저주를 받은 그는 그 자리에서 도마뱀으로 변했는데, 우둘투둘한 도마뱀의 표피는 데메테르가 끼얹은 죽에 들어 있던 곡물 알갱이라고 한다.

데메테르는 딸을 찾는 여행 중에 테베를 건설한 카드모스와 하르모니아의 결혼식에 참석했는데, 그 결혼식의 하객으로 참석한 아름다운 외모의 이아시온과 만나게 되었다. 당대 최고의 미남이었던 이아시온에게 한눈에 반한 데메테르는 아름다운 여인의 모습으로 변신하여 그를 유혹했다. 그렇게 그들은 크레네의 휴경지를 찾아가 연거푸 사랑을 나누었다.

하늘에서 그들의 애정 행각을 지켜보던 제우스는 은근히 질투가 났다. 자신과 한때 연인 사이였던 여신을, 그것도 감히 인간이 넘보았다

신화의 숲에서
사랑을 만나다

■■■■■■ **데메테르를 보고 비웃는 아스칼라보스**
데메테르가 허겁지겁 음식을 먹는 모습을 보고 비웃은 아스칼라보스는 그녀의 저주를 받아 결국 도마
뱀의 시초가 되었다.

198

는 사실에 화가 치민 것이다. 결국 제우스는 질투를 참지 못하고 이아
시온의 발칙한 행위를 벌하기 위해 그에게 벼락을 떨어뜨려 그의 목숨
을 앗아갔다. 하지만 남녀란 관계를 맺고 나면 그 열매가 생기는 법인
지라 데메테르는 이아시온과의 사이에서 쌍둥이 두 아들을 낳았는데,
이름을 플루토스와 필로멜로스라고 지었다. '넉넉하게 하는 자'라는
뜻의 이름을 지닌 플루토스는 후에 그 이름처럼 부자가 되었지만, '노
래를 좋아한다'라는 뜻의 이름을 지닌 필로멜로스는 가난한 농부가 되
었다. 그러나 필로멜로스는 가난에도 굴하지 않고 인류 최초로 짐마차
를 고안하여 이를 가지고 땅을 경작했는데, 이런 그의 모습을 어여삐
여긴 데메테르는 그가 죽자 그를 밤하늘에 올려 보내 마차부자리로 만
들어주었다.

　외로움에 지친 데메테르의 애정 행각은 동성애까지 손을 뻗치게 되
었다. 한번은 코르키라 섬의 동굴에 살고 있던 마크리스라는 님프와
사랑을 나눴는데, 그녀를 위해 데메테르는 코르키라 섬에 살고 있던
티탄 신족에게 곡물을 심고 수확하는 기술을 가르쳤다. 그로 인해 그
섬은 '낫'이라는 뜻을 가진 드레파논이라는 섬으로 불리었다.

　포세이돈과 데메테르의 관계가 여러 인간들을 거치고 거쳐 또 한 번
이어지는 사건이 있었다. 데메테르는 테살리아에 성스러운 숲을 가지
고 있었다. 떡갈나무가 우거진 그 성스러운 숲에서는 종종 아름다운
님프들이 춤을 추었다. 그런데 에릭식톤이라는 한 사나이가 식당을 짓
기 위해 그 숲의 떡갈나무들을 베어내려고 했다. 이에 숲의 님프들은
깜짝 놀라서 급히 데메테르 여신에게 알렸다. 데메테르는 즉시 에릭식

톤 앞에 나타나 나무를 베지 말라고 명령했지만, 그러나 그는 코웃음을 치며 톱을 나무에 갖다 대었다. 이에 너무나 화가 난 데메테르는 그에게 다음과 같이 벌을 내렸다.

"앞으로 너는 아무리 먹어도 배고픔을 느낄 것이다. 이것이 내 말을 거역한 너에게 내린 벌이니라."

그리고는 굶주림의 님프 페나이를 불러들여 다음과 같이 명령했다.

"지금 당장 에릭식톤의 뱃속으로 들어가서 그가 평생을 굶주림에 시달리도록 만들어라."

데메테르의 명을 받은 페나이는 잠이 든 에릭식톤의 뱃속으로 들어가 여신의 명령을 따랐다. 그때부터 에릭식톤은 아무리 먹어도 배가 부르지 않는 병을 앓게 되었다. 에릭식톤이 음식을 삼키면 그의 뱃속에서 자리잡고 있는 페나이가 음식이 들어오는 족족 다 삼켜버렸기 때문이었다. 심한 허기 때문에 잠조차 잘 수 없게 된 에릭식톤은 자신의 모든 재산을 털어 음식으로 바꾸었다. 하지만 아무리 먹어도 허기를 달랠 수 없게 된 그는 자신의 딸마저도 노예로 팔아 그 돈으로 식량을 샀다.

그런데 메스트라라는 이 에릭식톤의 딸을 포세이돈이 오래전부터 눈여겨보았던 것이다. 포세이돈은 메스트라가 노예가 되자 이를 기회로 삼아 자신과 동침하는 조건으로 원하는 게 무엇이든 그 소원을 들어주겠다며 유혹했다. 효심이 지극했던 메스트라는 아버지의 허기를 달래줄 수 있도록 도와달라며 포세이돈의 청을 들어주었다.

원하던 대로 욕정을 채운 포세이돈은 에릭식톤이 데메테르의 저주

를 받아 늘 배고픔에 시달리고 있다는 것을 알게 되었는데, 데메테르
와 껄끄러운 관계에 놓여 있던 포세이돈이 이 저주를 풀 수는 없었다.
때문에 포세이돈은 메스트라에게 어떤 동물로도 변신할 수 있는 능력
을 선물로 주었다. 이에 메스트라는 야수로 변신하여 온갖 동물들을
사냥해 아버지에게 이를 드렸다. 하지만 에릭식톤은 여전히 허기에 시
달려야 했고, 결국 그는 배고픔을 참지 못해 자신의 육체까지 뜯어먹
다가 결국 죽음을 맞이했다고 한다.

제우스와 세멜레

불꽃처럼 피어오르다 재가 된 사랑

올림포스 신들 가운데 최고의 난봉꾼 제우스는 인간 세상을 내려다보며 또 다시 새로운 여인을 물색했다. 이미 신들의 세계와 인간의 세계를 넘나들며 워낙 많은 여자들을 만났기 때문인지 제우스의 눈에는 쉽사리 그의 흥미를 끌 만한 여인이 보이질 않았다.

그렇게 한참 동안 세상을 둘러보던 제우스의 눈길은 이윽고 한 여인에게 멈추었다. 가을빛에 곱게 물든 나뭇잎들로 가려진 푸른 호수에서 목욕을 하고 있던 세멜레라는 이름의 여인이었는데, 제우스는 물에 젖어 더욱 고혹적으로 보이는 그녀의 몸보다는 그녀의 아름다운 얼굴에 먼저 시선이 갔다.

분명 처음 보는 여인이었는데도 자꾸 어디선가 본 것 같다는 생각이

들었던 제우스는 잠시 후 에우로페라는 여인의 얼굴이 떠올랐다. 제우스가 여신을 제외한 인간 여인들 가운데 가장 사랑했던 에우로페의 얼굴이 세멜레의 얼굴과 비슷했던 것이었다. 에우로페를 무척 사랑했던 제우스는 그녀와 크레타 섬에서 오랜 시간 사랑을 나누며 세 명의 아이를 낳아 함께 키웠다. 물론 다시 시작된 바람기 때문에 그녀와 헤어지게 되었지만, 잊고 있던 옛 사랑을 다시 찾은 기분이 든 제우스는 소년마냥 몹시 설레었다. 이에 어떻게든 세멜레와 사랑을 나누겠다고 생각한 제우스는 그날 밤 그녀의 집을 찾아갔다.

테베의 왕 카드모스의 딸인 세멜레는, 늦은 밤 자신의 방문을 연 낯선 침입자를 보고도 전혀 놀란 기색을 보이지 않았다. 그녀의 고모 에우로페와 증조모 이오에게 제우스가 찾아왔던 것처럼 자신에게도 언젠가 제우스가 찾아오리라 예상하고 있었던 것이다. 제우스는 이오를 만날 때에는 먹구름으로 제 모습을 가리고 있었고, 에우로페를 만날 때에는 아름다운 황소로 변신해 본모습을 드러내지 않았다. 그러나 세멜레 앞에서는 어떤 여인이든지 사랑에 빠질 법한 멋진 청년의 모습으로 변신해 나타났다.

그렇게 나타난 청년이 제우스라고 자신의 신분을 밝히자 세멜레는 환한 미소를 띠었다. 세멜레는 자신의 고모 에우로페 이야기를 꺼내며 이렇게 말했다.

"언젠가 이런 날이 오리라 알고 있었어요. 당신이 가장 예뻐했던 고모 에우로페와 저는 무척이나 닮았거든요. 그래서 그런지 당신이 이 방문을 들어서는 순간 전 직감적으로 당신이 제우스 님이라는 생각이

황소로 변한 제우스와 에우로페
제우스의 새로운 여인 세멜레는 그가 예전에 가장 사랑했던 여인 에우로페의 조카였다.

들었어요."

이렇듯 세멜레는 제우스와의 만남을 운명으로 받아들였던 것이다. 그날 밤 그들의 밀회는 새벽이 올 때까지 계속해서 이어졌다. 그렇게 열정적인 밤을 보내고도 그녀와 더 많은 사랑을 나누고 싶었던 제우스는 밤마다 몰래 세멜레의 방으로 찾아갔다. 그러는 사이 세멜레의 뱃속에는 제우스의 아이가 자라고 있었다.

밤마다 인간 세상으로 내려가는 제우스를 바라보며 헤라는 그가 다시 새로운 연인을 만들었다는 생각을 지울 수 없었다. 제우스의 뒤를 몰래 밟은 헤라는 그가 세멜레라는 여인과 밤마다 사랑을 나누고 있고, 그녀가 벌써 그의 아이를 가졌음을 알게 되었다.

과거에도 헤라는 제우스의 불륜 행각을 발견하여 그를 수차례 추궁했지만, 그때마다 제우스가 교묘하게 핑계를 대고 빠져나갔던 사실을 다시금 상기했다. 그래서 이번에는 제우스와 세멜레의 불륜 현장을 직접 확인하고야 말겠다고 다짐했다.

헤라는 일단 세멜레의 유모로 변장하여 그녀의 집을 찾았다. 헤라는 세멜레의 옷을 갈아입히며 이렇게 말했다.

"아가씨, 보아하니 임신한 것 같은데 도대체 아이의 아버지가 누군가요? 아직 결혼도 안한 처녀가 임신했다고 하면 필시 왕께서 대노하실 텐데, 어쩌시려고 그래요. 당장 그 사람을 불러들여 결혼식을 올려야 하는 거 아닌가요?"

그러자 세멜레는 싱글거리며 대답했다.

"제가 아기를 낳기 전까지 이 비밀은 유모만 알고 있어야 해요. 사실 이 뱃속의 아이는 최고 신 제우스의 아이랍니다."

이 이야기를 들은 헤라는 분노가 솟구쳐 세멜레를 당장이라도 죽이고 싶었지만, 지금 그랬다가는 제우스에게 다시 탈출구를 마련해 주는 셈이 되었다. 때문에 헤라는 자신이 아닌 제우스가 그녀의 목숨을 앗아갈 수 있도록 계획을 수정했다. 헤라는 계속해서 유모인 척하며 넌지시 말을 건넸다.

"에이, 설마 제우스 님이 아가씨를 찾아왔겠어요. 아마 아닐 거예요.

그냥 어떤 청년이 아가씨가 너무나 욕심이 난 나머지 꾸며낸 말일 거예요. 그가 정말 제우스 신인 것 같으면 오늘 밤 한 번 확인해 보세요."

그러자 세멜레는 고개를 갸웃거리며 되물었다.

"그러고 보니 전 지금까지 잘생긴 청년과 사랑을 나누었어요. 그가 자신을 제우스라고 소개해서 별 생각 없이 그렇게 믿었던 것 같아요. 유모, 그런데 어떻게 그가 제우스 님인지 아닌지 알 수 있나요? 제우스 님이 특별한 무언가라도 가지고 있나요?"

"제우스 님을 확인하는 법은 간단해요. 아가씨가 그에게 제우스 님임을 확인할 수 있는 증거를 보여 달라고 하세요. 그렇게 잘생긴 청년의 모습 말고 신의 모습을 보고 싶다고 요구하세요. 정말 간단하죠?"

유모의 말을 들은 세멜레는 하루 종일 자신이 만나고 있는 그 청년이 제우스인지 아닌지 고민에 빠졌다. 그러나 유모가 알려준 방법대로 해보면 그의 존재를 확실히 확인할 수 있겠다며 혼자서 빙긋이 웃었다.

그날 밤도 역시 제우스가 찾아왔다. 그에게 안긴 세멜레는 제우스를 부드럽게 애무하며 이렇게 속삭였다.

"정말로 저를 사랑하나요?"

"그럼 물론이지. 이 세상, 아니 온 우주의 모든 여인들 가운데 널 가장 사랑한단다."

제우스의 말은 사실이었다. 그는 어서 빨리 밤이 되기만을 기다릴 정도로 오랜만에 찾아온 이 열정적인 사랑에 한없이 빠져 있었다. 그의 말에서 진심이 느껴진 세멜레는 미소를 지으며 이렇게 말을 건넸다.

"정말 저를 사랑한다면 제 부탁을 들어줄 건가요?"

제 우 스
❀
세 멜 레

"그럼, 무슨 부탁이든 해보렴. 내 어떤 소원이든 들어줄게. 스틱스 강을 걸고 이를 맹세하지."

신들 사이에서는 스틱스 강을 걸고 맹세한 것을 지키지 않으면 1년 동안 혼수상태에 빠져 있어야 하며, 9년 동안 다른 신들과 절대로 만날 수 없다는 불문율이 있었다. 때문에 아무리 최고의 신 제우스라도 스틱스 강을 두고 한 맹세는 반드시 지킬 수밖에 없었다.

세멜레는 그 말에 너무나 기뻐하며 이렇게 자신의 소원을 빌었다.

"실은 난 당신이 제우스 님이라는 것이 믿겨지질 않아요. 내 앞에 있는 당신은 잘생긴 청년의 모습이잖아요. 그래서 당신의 진짜 모습을 너무나 보고 싶어요. '하늘의 왕'이자 '벼락의 신'으로서 광채를 발하는 제우스 님의 모습을 보고 싶답니다. 이게 제 소원이에요."

제우스는 세멜레가 첫 마디를 꺼내자마자 다음에 이어질 그녀의 말을 예상했다. 때문에 중간에라도 그녀의 말을 멈추게 하려고 했지만 어느새 그녀의 소원은 모두 입 밖으로 꺼내진 상태였다. 돌이킬 수 없는 스틱스 강을 두고 한 맹세이기에 제우스는 그녀의 소원을 들어줄 수밖에 없었다. 잠시 후, 제우스는 슬픈 표정을 지으며 자신의 본모습을 드러냈다.

번개와 우레를 든 제우스의 온몸에는 광휘들로 번쩍였다. 세멜레는 그 광휘를 보고 놀라 입을 다물지 못했지만, 그것도 잠시뿐이었다. 그 광휘에서 뿜어져 나오는 엄청난 열은 인간인 세멜레를 한 줌의 재로 만들어버렸다. 그토록 사랑했던 여인의 죽음을 그저 바라볼 수밖에 없었던 제우스 또한 가슴이 미어졌다. 헤라가 원했던 대로 세멜레의 목

디오니소스의 탄생
제우스의 허벅지에서 세 달 동안 자란 디오니소스는 인간의 피를 물려받았음에도 불구하고 불사신으로
태어났다.

숨을 제우스가 앗아가게 된 것이다.

제우스는 세멜레가 완전히 재가 되기 전에 서둘러 그녀의 뱃속에서
태아를 꺼냈다. 그리고는 헤라에게 들키지 않으려고 그 태아를 자기의
허벅지를 찢어 그 속에 넣고는 꿰맸다. 그 일이 있은 지 세 달 후 제우

스의 허벅지에서 자라던 아이가 드디어 태어났다. 제우스의 몸과 한동안 하나가 되었던 그 아이는 이제 불사신이 되었다. 그 아이의 이름은 디오니소스로 이 이름은 '어머니가 둘인 자'라는 뜻을 지니고 있는데, 세멜레와 제우스 두 사람 모두 태아였던 그를 몸에 품었던 어머니인 셈이다. 제우스는 헤라의 눈을 피해 아이를 기를 자신이 없었기에 전령 헤르메스를 불러 그에게 맡겼다.

"헤르메스야, 이 아이를 헤라의 눈을 피해 지상의 골짜기들 중 가장 아름답다고 알려진 니사로 데려다가 그곳의 님프들이 소중히 보살피도록 해라."

제우스의 명을 받은 헤르메스는 니사 골짜기가 다른 사람들의 눈에 띄지 않도록 조치한 후 그곳의 님프들에게 디오니소스를 맡겼다. 이렇게 제우스의 불에서 태어난 디오니소스는, 포도를 무르익게 하는 강렬한 열기를 지닌 아이로 자랐다. 그러나 그의 어린 시절은 평탄치 않았다. 그의 존재를 알게 된 헤라가 그의 양육을 도운 님프들에게 저주를 내려 광인으로 만들었기 때문이다. 이를 불쌍히 여긴 제우스는 그 님프들을 히아데스 성좌 별자리로 올려 보냈다.

헤라의 저주가 내려질까봐 두려운 님프들은 하나 같이 디오니소스의 양육을 거부했다. 결국 디오니소스는 사람들의 손에서 자랄 수밖에 없었다. 앞으로 펼쳐질 그의 험난한 여정은 다음 장에서 계속 이어진다.

아타마스와 이노

헤르메스는 아직 어린아이였던 디오니소스를 안고 이 아이를 길러줄 적임자를 찾아 세상을 헤맸다. 오랜 고민 끝에 그는 아이의 어머니였던 세멜레의 언니 이노를 떠올렸다.

이노는 보이오티아의 왕 아타마스의 두 번째 부인이다. 아타마스의 첫 번째 부인은 구름의 요정 네펠레로 그들 사이에서 아들 프릭소스와 딸 헬레가 태어났다. 그런데 아타마스는 시간이 흐를수록 네펠레에 대한 애정이 점점 식어갔다. 구름의 요정이었던 네펠레는 먹구름이 낄 때마다 잔뜩 인상을 찌푸리곤 했는데, 그런 네펠레의 표정이 마음에 안 들었던 것이다. 아타마스는 그녀에게 이런 불만을 토로했지만, 오히려 태생 때문에 그럴 수밖에 없음에도 이를 이해해 주지 못하는 그에게 서운함을 드러냈다. 이렇게 둘 사이는 점점 소원해졌는데, 그때 환하게 미소를 짓는 이노가 아타마스 앞에 나타난 것이다.

이노의 미소에 온통 마음을 빼앗긴 아타마스는 그녀를 그냥 보낼 수 없었다. 지금 헤어지면 다시는 그녀를 못 만날 것 같다는 생각에 다짜고짜 그녀에게 다가가 키스를 했다. 갑작스런 키스에 놀란 이노는 처음엔 아연실색했지만 그의 배짱과 용기에 마음이 움직였다. 아타마스는 조만간 지금의 아내와 이혼을 할 테니 제발 자기의 아내가 되어달라며 청혼했다. 이노는 예의 그 아름다운 미소를 지으며 그의 연락을 기다리겠다고 약속했다.

이노와 헤어진 후 집으로 돌아온 아타마스는 네펠레와 마주치는 것조차 싫었다. 아타마스가 네펠레를 처음 보았을 때는 우수 짙은 그녀의 모습에 매력을 느껴 결혼까지 하게 되었지만, 너무나도 밝은 미소가 어린 이노의 얼굴을 보게 된 순간부터 그에게 있어 네펠레는 추녀와 다를 바 없었다. 아타마스는 네펠레에게 다짜고짜 이혼해 줄 것을 요구했다. 그 말을 들은 네펠레는 그에게 이미 다른 연인이 생겼음을 직감적으로 느꼈다. 아무리 설득한다 한들 이미 떠나버린 그의 마음을 되돌리기에는 역부족이었다. 결국 네펠레는 남겨진 두 아이를 잘 키워 달라고 부탁한 뒤 친정으로 돌아갔다.

아타마스는 그 길로 이노에게 달려가 정식으로 청혼한 뒤 며칠 후 성대하게 결혼식을 올렸다. 몇 년 후 이노도 레아르코스와 멜리케르테스라는 두 아이를 낳았는데, 친자식이 생기다보니 이제는 전처의 자식들인 프릭소스와 헬레가 눈엣가시처럼 여겨졌다. 전처 자식에 대한 이

신화의 숲에서
사랑을 만나다

노의 미움은 급기야 그들을 죽이려는 흉계로까지 이어졌다.

보리를 심는 계절이 돌아오자 그녀는 몰래 사람들을 시켜 왕궁 앞에 펼쳐진 드넓은 보리밭에 삶은 보리를 심게 했다. 당연히 그 밭에는 어떤 새싹도 자라나지 않았다. 아타마스는 이를 이상히 여겼는데, 이때 이노가 다가가 이렇게 말했다.

"여보, 단 한 번도 이 밭에서 보리가 자라지 않은 적이 없었는데, 이번 일은 아무래도 신의 분노 때문인 것 같아요. 도대체 이게 무슨 일인지 델포이의 신탁을 받아보는 건 어떨까요?"

그녀의 말에 동의한 아타마스는 그가 총애하는 사신을 델포이로 보냈다. 그러나 이노는 미리 그 사신을 매수해 두었던 것이다. 그 사신은 델포이로 향하지 않고 다른 곳에서 며칠 머물다가 다시 아타마스 앞에 나타나 이노가 알려준 대로 이렇게 아뢰었다.

"왕이시여, 델포이 신탁에 물었더니 왕의 전처 자식인 프릭소스를 제우스에게 제물로 바쳐야만 이 기근이 풀린다고 합니다."

아타마스는 순간적으로 눈앞이 캄캄해졌다. 자신의 손으로 자식을 죽여야만 백성들의 고통을 막을 수 있다는 그 사실을 믿고 싶지 않았다. 그러나 이노의 부추김 때문에 아타마스는 어쩔 수 없이 프릭소스를 제단으로 데려왔다. 아무것도 모른 채 그저 아버지의 부름을 받아 그곳을 찾게 된 프릭소스를 아타마스는 제단에 묶은 뒤 그의 목을 칼로 내리치려고 했다. 그 순간 제우스의 전령 헤르메스가 보낸 황금 양이 나타나 프릭소스를 태우고는 하늘로 솟구쳐 올랐다.

그 황금 양은 프릭소스의 생모인 네펠레가 이노의 흉계를 알아차리

아타마스
⊗
이 노

고는 제우스에게 부탁해 얻게 된 것으로, 프릭소스를 태운 황금 양은 그의 누이동생인 헬레도 함께 태운 뒤 더 먼곳을 향해 날아갔다. 그러나 바다를 건너던 중에 잘못하여 헬레가 떨어져 죽었는데, 그 후로 헬레가 떨어진 해협은 그녀의 이름을 따서 헬레스폰투스라는 이름을 얻게 되었다.

황금 양은 프릭소스를 흑해 동쪽에 있는 나라 콜키스 왕국에 내려주었는데, 이곳은 아이에테스라는 왕이 다스리고 있었다. 그의 딸인 칼키오페와 사랑에 빠진 프릭소스는 그녀와 결혼했지만, 결국 그는 장인인 아이에테스의 손에 목숨을 잃고 말았다. 이방인에 의해 자신이 살해될 것이라는 신탁을 받은 장인이 두려움을 참지 못하고 그를 죽인 것이다. 그렇게 아타마스 전처의 자식들은 이노의 계략대로 모두 죽게 되었다.

헤르메스는 그때 일이 떠올라 이노에게 디오니소스를 맡기는 것이 썩 내키지는 않았지만, 이 아이가 제우스의 아들이라는 비밀을 지켜줄 사람은 그녀밖에 없을 것 같았다. 더군다나 자신과 혈연관계에 있는 동생의 아들이라는데, 누구보다도 정성스레 보살펴 주리라는 생각이 들었다.

"이노, 이건 절대 비밀이네. 이 아이는 그대의 동생 세멜레의 아들일세. 세멜레는 제우스와의 사이에서 이 아이를 잉태했네. 그러나 불행하게도 이 아이에게 젖 한 번 물려주지 못하고 너무 빨리 세상을 떠나게 되었지. 그러니 그대가 이 아이를 잘 키워야만 하네. 이 아이가 제우스의 아들이라는 것이 세상에 알려지면 헤라 여신이 분명 가만히 있

213

어린 시절의 디오니소스

디오니소스는 어린 시절 그의 이모인 이노의 손에서 자라게 되었다. 이노는 헤라에게 그 사실을 들킬까
봐 디오니소스를 여자아이처럼 꾸며 키웠다.

214

아 타 마 스

이　　　노

지 않을 테니 이 비밀은 죽을 때까지 지켜야만 할 걸세. 만약에 이 아기를 전처의 아이들처럼 키운다면 그동안 당신이 꾸몄던 계략들을 남편에게 남김없이 알려주겠네."

이노는 자신이 전처의 자식들을 죽이기 위해 일을 꾸몄다는 것을 남편이 알게 되는 게 두렵기도 했지만, 그보다도 이미 세상을 떠난 동생의 하나뿐인 자식이기에 안쓰러운 생각이 들어 디오니소스를 자신의 친자식과 다를 바 없이 정성스레 키웠다. 이노는 디오니소스가 혹여 헤라의 눈에 뜨일까 두려운 나머지 여자아이의 옷을 입혀 키웠다.

디오니소스는 이노와 아타마스의 보살핌 아래 또래의 아이들보다도 훨씬 건장한 체격을 지닌 아이로 잘 자랐다. 디오니소스는 자신의 부모가 누군지도 모른 채 성장했는데, 하지만 헤라가 그가 세멜레의 아이라는 것을 눈치 채고야 말았다. 이미 디오니소스는 제우스의 허벅지 속에서 자란 탓에 불사신이 되었기에 헤라가 어떤 저주를 내려도 목숨을 앗아갈 수 없었다. 결국 헤라의 분노는 이노와 아타마스 부부에게로 향했다.

헤라는 이노와 아타마스에게 미친 기운을 불어넣었다. 광인과 다를 바 없이 변해 버린 이 부부는 그들의 자식을 죽이는 천륜을 저지르게 되었다. 먼저 아타마스는 큰아들 레아르코스를 활로 쏘아 죽였는데, 아타마스는 아들을 죽이고도 마치 멧돼지라도 잡은 양 콧노래를 부르며 이를 자랑하고 다녔다.

한편 미쳐버린 이노는 작은아들 멜리케르테스를 안고 바위산으로 올라가 그 아래 펼쳐진 바다로 뛰어들었다. 그러나 이를 지켜보던 아

215

프로디테가 이들 모자의 삶이 너무나 불쌍한 나머지 바다의 신 포세이
돈에게 그들의 다음 생애를 부탁했다. 그 결과 이노는 바다의 여신 레
우코테아가 되었고, 멜리케르테스는 바다의 신 팔라이몬이 되었다. 이
들은 항해하는 선원들을 지켜주는 고마운 신이 되었다고 한다.

이렇게 디오니소스를 돌봐주던 양부모와 형제들이 모두 죽음을 맞
이하게 되자 그는 또 다시 혼자가 되었다. 헤라는 디오니소스에게도
미친 기운을 불어넣었는데, 이미 신이 되어버린 그였기에 그 기운에
완전히 휩쓸리지는 않았지만, 대신 한곳에 정착하지 못하고 세계 각지
를 떠돌며 방랑자의 삶을 살게 되었다. 디오니소스의 이야기는 앞으로
도 계속해서 이어진다.

혼자가 된 디오니소스는 여러 나라를 돌아다니며 방랑하는 동안 포도의 과즙으로 술을 빚는 법을 발견하게 되었다. 포도주를 만든 최초의 신이 바로 디오니소스인 셈이다.

　바람 따라 구름 따라 방랑하던 디오니소스는 잠시 트라키아에 머물게 되었다. 당시 트라키아는 리쿠르고스라는 왕이 다스리고 있었는데, 심술궂기가 이루 말할 수 없는 인물이었다. 이를 몰랐던 디오니소스는 리쿠르고스에게 찾아가 며칠 동안 왕궁에서 머물게 해줄 것을 청했다. 하지만 왕은 디오니소스를 환대하기는커녕 오히려 채찍을 휘두르며 내쫓았다. 왕의 채찍을 피해 도망치던 디오니소스는 실수로 바다에 빠졌는데, 이를 지켜보던 리쿠르고스는 허우적대는 디오니소스의 모습이 너무나 재미있는지 미친 듯이 웃어댔다.

한편 바다에 빠진 디오니소스는 점점 깊은 바다로 가라앉았다. 그러나 디오니소스를 알아본 바다의 여신 테티스가 바다의 님프들인 네레이스와 함께 그를 구해 님프들의 은신처에서 그를 치료해 주었다. 얼마 후 정신을 차린 디오니소스는 다시 트라키아 왕 앞에 섰다.

"이런 미친놈 같으니! 그렇게 죽을 고비를 넘기고도 또 다시 나타나다니, 간이 배 밖으로 나온 놈이로구나. 그런데 저놈은 무얼 처먹기에 저렇게 배짱이 큰 것이냐. 저놈이 손에 쥐고 있는 저 병을 당장 뺏어오너라."

리쿠르고스는 디오니소스가 들고 있던 포도주 병을 빼앗아 그 안에 담긴 포도주를 한 모금 들이켰다. 달콤하고 은은한 향과 맛이 온몸을 휘감자 점점 기분이 좋아진 왕은 디오니소스가 가지고 있던 모든 포도주를 빼앗아 이를 마셨다. 포도주에 취한 왕은 세상이 모두 아름답게 보이는 듯 실실 웃음을 흘리며 궁전의 이곳저곳을 돌아다녔다. 그러던 중 한 여인과 마주하게 되었는데, 그녀의 아름다운 미소가 자신을 유혹하는 것이라 믿은 왕은 갑자기 정욕이 들끓어 그녀를 강제로 범하려 했다.

그러나 이 모습을 지켜보던 신하들이 득달같이 달려와서 왕을 뜯어말렸다. 그 아름다운 여인은 다름 아닌 리쿠르고스의 어머니였던 것이다. 자신의 잘못을 깨달은 그는 어머니를 알아보지 못할 정도로 자신을 취하게 만든 것이 도대체 무엇이냐고 디오니소스에게 물었다. 그러자 그는 포도나무의 열매로 만든 것이라 일러주었는데, 그 길로 리쿠

포도주를 마시는 디오니소스
디오니소스는 대지의 풍요를 주재하는 신인 한편, 포도주의 신이기도 하다.

르고스는 궁전에 심겨진 포도나무에게 다가갔다.

분한 마음에 도끼를 집어든 리쿠르고스는 포도나무의 밑동을 도끼로 힘껏 찍었다. 그런데 그 밑동에서 포도주보다 더 붉은 피가 흘러나오는 것이었다. 리쿠르고스가 포도나무라고 믿었던 그 나무는 다름 아

219

닌 그의 아들이었던 것이다. 완전히 실성한 리쿠르고스는 거기에서 멈추지 않고 자신의 아내까지 죽이고야 말았다.

어머니를 범하고 아들과 아내를 죽인 리쿠르고스의 죗값은 결국 그에게 내려졌다. 그가 다스리던 트라키아는 기근에 시달리게 되었고, 이러한 현상이 왕이 저지른 죄 때문임을 알게 된 백성들은 그를 붙잡아 판가이온 산으로 데려가 짐승의 먹이로 주었다. 디오니소스를 박해한 죄의 대가가 연이어지는 살육으로 이어진 것이다.

디오니소스와 에리고네

디오니소스는 다시 길을 떠났다. 자신이 만든 포도주에 취해 이곳저곳을 떠돌던 그는 더 좋은 포도주를 만들기 위해 포도나무가 많이 자라는 아시아로 걸음을 옮겼다. 디오니소스는 가는 곳마다 그곳 주민들에게 포도나무 재배와 포도주 제조법을 가르쳐주곤 했다.

디오니소스가 건넨 포도주를 마셔본 사람들은 향기로운 그 음료의 맛도 잊을 수 없었지만, 마실수록 야릇한 기분을 느끼게 되자 더욱 열광했다. 포도주를 향한 사람들의 애정은 이를 만든 디오니소스에게도 이어졌는데, 이에 사람들은 디오니소스를 신기한 마술을 부리는 신으로 숭배하고 따랐다.

디오니소스는 가는 곳마다 많은 사람들의 찬양을 받았으며, 그를 따

르는 신도의 수도 갈수록 늘어났다. 반면에 이런 디오니소스의 포도주
를 악마의 음료로 생각하고 거부하는 이들도 있었다. 그런 이들 때문
에 디오니소스는 어이없게도 첫사랑을 잃고 말았다. 그가 첫사랑과 이
별하게 된 사연은 이렇다.

아티카에 도착한 디오니소스는 이번에도 역시 주민들에게 포도주
제조법을 알려주기 위해 마을을 찾았다. 그는 그곳에서 이카리오스라
는 농부와 그의 딸 에리고네를 만나게 되었는데, 그들은 낯선 이방인
인 디오니소스에게 친절하게 대해 주었다. 그들의 온정에 기분이 좋아
진 디오니소스는 그들에게 포도주 제조법을 알려주었는데, 이 부녀는
그가 알려준 비법에 따라 정성을 다해 포도주를 빚어 그와 함께 나누
어 마셨다. 디오니소스는 정성스레 포도주를 빚는 이들 부녀가 너무나
마음에 들었다. 특히 에리고네는 그가 제우스의 아들이라는 신분을 밝
히지 않았는데도 그를 진심으로 경외하며 따랐다. 그렇게 디오니소스
는 이 여인을 조금씩 마음에 품게 된 것이다.

이카리오스는 이렇게 맛있게 빚어진 포도주를 더 많은 이들에게 알
려주고 싶은 생각에 며칠 후 포도주통을 들고 목장을 찾았다. 한가로
이 양을 치던 양치기들은 이카리오스가 가져온 포도주를 나눠 마시고
는 누구나 할 것 없이 한껏 취했다. 취기 때문에 쏟아지는 졸음을 이기
지 못한 그들은 그 자리에서 잠이 들었는데, 이 모습을 지나가던 동네
주민들이 보게 된 것이다. 그들은 이카리오스가 양치기들에게 독이 든
음료를 주어 그들이 모두 죽었다고 생각하고는 몽둥이를 들고 이카리
오스에게 달려들었다. 뭇매를 이기지 못한 이카리오스는 결국 목숨을

여행을 떠나는 디오니소스

디오니소스는 포도나무가 많이 자라는 지역인 아시아를 찾아 방랑길에 나섰다.

잃고 말았는데, 주민들은 이 사실이 알려질까 두려워 그를 숲속의 한 나무 밑에 묻어버렸다.

한편, 자신의 아버지가 디오니소스의 포도주 때문에 허무하게 죽음을 맞이했다는 사실을 전혀 모르고 있던 에리고네는 디오니소스와 달콤한 밀어를 속삭이며 꿈같은 나날을 보냈다. 그러던 중 디오니소스는 에리고네에게 정식으로 청혼했다. 에리고네는 믿을 수 없는 이 상황에 놀라 급기야 울음을 터뜨렸다. 디오니소스는 그런 그녀의 모습을 바라보며 흐뭇한 미소를 지었다.

에리고네는 이 기쁜 소식을 한시라도 빨리 아버지께 알려야겠다는 생각에 충직한 개 마이라를 데리고 아버지를 찾아 나섰다. 그런데 마이라는 아버지가 있을 법한 마을로 가지 않고 자꾸만 숲으로 그녀를 이끌었다. 게다가 어느 한 나무에 이르자 그 아래의 흙을 파내기 시작하는 것이었다. 잠시 후 마이라가 파낸 흙 속에서 오래전에 이미 저 세상 사람이 된 아버지의 시신과 포도주통이 발견되었다.

에리고네는 정신이 멍해졌다. 디오니소스가 알려준 포도주 때문에 아버지가 목숨을 잃게 되었다는 생각을 지울 수 없었다. 또, 사랑 놀음에 빠져 있느라 아버지가 죽어가는 것도 모르고 있었던 자신이 너무나 미웠다. 결국 밀려드는 슬픔을 견딜 수 없었던 에리고네는 아버지가 묻혀 있는 곳에 심겨져 있던 나무에 목을 매어 자살했다. 이를 지켜보고 있던 마이라도 우물에 몸을 던져 주인의 뒤를 따랐다.

이 소식을 들은 디오니소스는 끓어오르는 분노를 참을 수 없었다. 결국 그는 아티카 주민들에게 저주를 내려 마을의 여자들이 에리고네

디오니소스
⚜
에 리 고 네

데메테르와 디오니소스
작물의 풍요를 주재하는 신이기도 한 디오니소스가 대지의 여신 데메테르와 함께 포도주를 빚고 있다.

처럼 목을 매어 자살하게 만들었다. 주민들은 왜 자신의 아내와 딸들
이 이렇듯 허무하게 생을 마감하는지 그 이유를 알 수 없었다. 때문에
아폴론의 신전을 찾아가 신탁을 받았는데, 이 모든 것이 제우스의 아
들인 디오니소스를 분노케 한 대가라고 알려주었다. 이에 주민들은 이
카리오스와 에리고네의 억울한 죽음을 풀어주고자 그들이 목숨을 잃
었던 나무 앞에서 제사를 지냈다.

이를 지켜보던 디오니소스는 주민들에게 내린 저주를 풀고는 그들
부녀를 하늘로 불러들여 각각 별자리로 만들어주었다. 에리고네는 '처

225

녀자리'가, 이카리오스는 '목자자리'가, 충직한 개 마이라는 '작은개자리'가 되어 지금도 하늘을 떠돌고 있다.

디오니소스는 이렇게 허무하게 끝난 첫사랑의 아픔 때문에 앞으로는 자신을 숭배하는 이들에게만 포도주의 제조법을 알려주리라 다짐했다. 그렇게 또 다시 세상을 떠돌던 디오니소스는 칼리돈에 이르렀다. 이곳을 다스리는 오이네우스 왕은 디오니소스에 대한 풍문을 익히 들었기 때문에 그 누구보다도 그를 극진하게 맞이했다. 특히 그의 포도주를 맛본 이후부터 디오니소스를 향한 숭배는 점점 더해 갔다. 심지어 그는 자신의 아내 알타이아를 디오니소스에게 소개하면서 이렇게 말했다.

"저의 아내인 알타이아입니다. 신께서 원하신다면 제 아내를 오늘 밤 침실로 보내드리겠습니다."

디오니소스는 차마 그러라는 말을 꺼내지 못했지만 마음속으로는 그녀를 품에 안고 싶었다. 그런 디오니소스의 속내를 알아차린 알타이아는 그날 밤 아내를 화려하게 치장시켜 그에게 보냈다. 그녀와 달콤한 하룻밤을 보낸 디오니소스는 오이네우스에게 고마움의 표시로 포도주 제조법을 알려주었으며, 오이네우스의 이름을 따서 포도주를 오이노스라고 부르게 하는 영광까지 선물했다.

한편 알타이아는 디오니소스의 아이를 임신하게 되었는데, 열 달 후 예쁜 딸을 낳았다. 데이아네이라라는 이름의 그 딸은 나중에 제우스의 아들 헤라클레스의 아내가 되었다.

디오니소스는 아리아드네라는 비운의 여인과도 사랑을 나누었다. 포도나무를 찾아 이곳저곳을 돌아다니던 디오니소스는 낙소스 섬에 도착했는데, 그곳에서 절망 가득한 표정으로 하염없이 울고 있는 아름 다운 아리아드네를 만나게 되었다. 아리아드네는 크레타 섬의 왕 미노 스와 파시파에의 딸로, 영웅 테세우스와 결혼을 약속한 사이였지만 그 에게 버림을 받아 이 낙소스 섬에서 홀로 머물고 있었던 것이다. 아리 아드네가 홀로 된 사연은 이러했다.

아테네의 영웅 테세우스는 크레타의 미궁 속에 갇혀 있는 황소 괴물 미노타우로스를 처치하기 위해 크레타 섬을 찾았다. 그는 이때 만난 아리아드네를 보고 한눈에 반했으며, 아리아드네도 늠름한 그의 모습 에 점점 빠져들었다. 테세우스는 미노타우로스를 처치한 뒤에 결혼식 을 올리자며 아리아드네에게 약속했는데, 이에 그녀는 그를 돕기 위해 미궁의 비밀을 알고 있는 다이달로스에게 찾아가서 미궁을 빠져나올 수 있는 비법을 얻었다. 그 비법은 다름 아닌 실타래였다. 아리아드네 가 건네준 실타래 때문에 미노타우로스를 처치하고 무사히 미궁을 빠 져나온 테세우스는 그녀를 데리고 자신의 고향 아테네로 향하는 배에 올랐다. 이미 사랑에 눈이 먼 아리아드네는 가족과 나라를 버리고 오 직 사랑 하나만을 믿고 그를 따라나서게 된 것이다.

그들을 태운 배는 잠시 낙소스 섬에 머물게 되었는데, 오랜 긴장감 에서 풀린 아리아드네는 잠시 이곳에서 잠이 들었다. 그러나 달콤하고 깊은 잠에서 깨어난 아리아드네 곁에는 아무도 없었다. 테세우스가 그 녀를 버리고 간 것이었다.

그런 그녀 앞에 달콤한 포도향과 함께 디오니소스가 나타난 것이다. 디오니소스는 아리아드네에게 사랑을 고백하면서 보석이 박힌 왕관을

디오니소스와 아리아드네
배신의 상처로 아파하는 아리아드네에게 다가온 디오니소스는 그녀에게 청혼을 하면서 아름다운 왕관을 선물했는데, 이 왕관은 후에 별자리가 되었다.

씌어주었다. 아리아드네는 테세우스에 대한 배신감 때문에 더욱 디오니소스를 사랑하게 되었다. 그러나 그들의 사랑도 오래가지 못했다. 아리아드네는 디오니소스를 만나기 전에 이미 테세우스의 아이를 임신하고 있었는데, 아이를 낳는 도중에 숨을 거두고 만 것이다. 아리아드네를 진심으로 사랑했던 디오니소스는 그녀의 왕관을 하늘로 던져 별자리로 만들었다. 우리가 알고 있는 북쪽왕관자리가 그것이다. 아리아드네의 영혼은 그 별자리에서 사랑의 모든 아픔을 잊은 채 편히 쉴 수 있었다.

디오니소스와 마이나스

디오니소스의 추종자는 갈수록 늘어만 갔다. 그를 따르는 추종자의 수가 아프로디테의 신도 수와 맞먹을 정도로 엄청난 인기를 얻게 되었는데, 그만큼 디오니소스를 위한 제단의 수도 늘어나 제우스를 제외한 그 어떤 신보다도 더 높은 권력을 얻게 되었다.

그렇게 따르는 추종자 중에는 디오니소스에게 지나칠 정도로 열광하는 여인들이 있었는데, 바로 마이나스들이다. '광란하는 여자들'이라는 뜻의 그녀들은 표범과 사슴 등의 짐승 가죽을 몸에 두르고, 나뭇가지로 만든 관을 썼다. 그리고 한 손에는 포도송이나 뱀을, 그리고 나머지 손에는 '티르소스'라고 불리는 지팡이를 들고 다녔는데, 이를 통해 디오니소스를 숭배하는 자임을 알 수 있었다. 이 마이나스들은 디

229

디오니소스와 마이나스들
디오니소스의 추종자인 마이나스들은 그가 어디를 가든지 늘 따라다니면서 광란의 축제를 펼쳤다.

오니소스가 어디를 가든지 따라다녔다.

　마이나스들과 함께 아시아 전역을 돌던 디오니소스는 어느 날 어머니의 고향인 테베로 돌아가고 싶다는 생각이 들었다. 그의 어머니를 기억하고 있는 사람들에게 수많은 추종자를 거느린 자신의 모습을 자

디오니소스
마 이 나 스

랑하고 싶은 마음에서였다. 그렇게 귀향길에 오른 디오니소스는 배에 올랐다. 고향에 거의 도착했을 무렵, 디오니소스가 탄 배가 해적선에게 잡히는 사건이 일어났다. 한눈에 봐도 귀한 신분임이 분명해 보이는 디오니소스를 발견한 해적들은 그를 납치하면 많은 돈을 벌 수 있다는 생각에 그를 자신들의 배에 옮겨 태웠다.

돈이 굴러들어올 생각에 신이 난 해적들은 우선 그가 도망치지 못하도록 발을 묶어두려고 그에게 다가갔다. 그러나 아무리 튼튼한 줄을 가져와도 그의 발에 닿는 순간 그 줄은 끊어져버렸다. 배의 키를 잡고 있던 선원이 이를 보고 놀라 선장에게 이렇게 말했다.

"이분은 아마도 신인 것 같습니다. 지금 당장 이분을 풀어주지 않으면 엄청난 재앙이 우리에게 닥칠 게 분명합니다."

하지만 선장은 그를 비웃으며 이렇게 외쳤다.

"이런 멍청한 놈 같으니. 저놈이 우리에게 눈속임을 한 게 분명해. 아무리 눈속임을 한다한들 바다 한가운데서 뛰어들지는 못할 테니 일단 육지에서 멀리 떨어지도록 돛을 올리란 말이야!"

해적들은 선장의 호통에 못 이겨 돛을 올려 배의 속도를 높였다. 그런데도 배는 그 자리에서 꿈쩍도 하지 않았다. 그런데 어디선가 아주 향기로운 과일 향이 진동하더니 포도주가 갑판 위로 흘러들었다. 게다가 푸른 잎사귀들이 갑판 위로 스멀스멀 기어 나오더니, 이내 포도나무로 자라 돛까지 뻗어 올라갔다. 검푸른 포도덩굴이 돛대 둘레를 휘감으며 위로 뻗어 올라가는 모습은 흡사 뱀 여러 마리가 기어오르는 것 같았다. 잠시 후 돛대는 마치 거대한 포도나무처럼 변해 버렸다.

그 모습에 놀란 해적들은 공포에 질려 육지를 향해 키를 돌렸지만 이미 디오니소스의 저주에 걸린 키는 꼼짝도 하지 않았다. 이에 그들은 바다로 뛰어들었지만 그 순간 돌고래로 변하고 말았다. 결국 해적선에는 키를 잡고 있던 선원 한 명과 디오니소스만이 남게 되었다.

　디오니소스는 그에게 큰소리로 울부짖으며 이렇게 말했다.

　"나 디오니소스가 네게 말하노니, 두려워 말라. 너는 당장 육지로 돌아가서 이곳에 디오니소스 신이 왔다고 전한 뒤, 그들에게 나를 맞을 준비를 하라고 알려주어라."

　살아남은 그 선원은 디오니소스가 명령한 대로 자신이 경험했던 신이한 일들과 그가 이곳을 방문할 거라는 소식을 사람들에게 전했는데, 때문에 디오니소스는 사람들의 열렬한 환영을 받으며 테베에 도착했다. 그의 주변에 모여든 사람들은 그가 선사한 포도주에 취해 더욱 그를 숭배하게 되었는데, 모두들 흥분 상태에 빠져 노래와 춤으로 그를 찬양했다.

　디오니소스의 어머니인 세멜레가 태어나고 자란 테베는 현재 펜테우스가 왕이 되어 다스리고 있었다. 펜테우스는 세멜레의 언니인 아가베의 아들로, 디오니소스와는 사촌지간인 셈이다. 조용하던 나라가 디오니소스의 등장으로 술렁이자 펜테우스는 심기가 불편했다. 펜테우스는 아무리 많은 사람들이 그를 신으로 추앙한다 해도, 그는 제우스가 아닌 인간의 아들일 뿐이며 그가 술로써 사람들을 현혹시켜 믿음을 부추기고 있다고 생각했다. 때문에 펜테우스는 백성들에게 그를 더 이상 따라다니지 말라고 명령했지만 소용없었다. 이에 펜테우스는 그의

■■■■■■■■■ **디오니소스를 따라다니는 추종자들**

디오니소스는 제전에서 자신을 따라다니는 사람들에게 포도주를 주어 도취와 환각 상태로 이끌었으며
극도의 환희와 고통을 선사했다.

부하들을 불러 이렇게 말했다.

"소란을 피우며 군중을 이끌고 다니고 있는 저 방랑자를 당장 잡아
오너라. 그는 자신이 인간이 아니라 신이라고 주장하지만, 내가 친히
그것이 거짓이라는 것을 자백 받을 것이다."

그러나 왕의 명에 따라 디오니소스를 잡으러 갔던 부하들은 그를 에
워싸고 있는 추종자들 때문에 만날 수조차 없었다. 대신 그 추종자들
가운데 한 사람을 잡아 왕에게 바쳤다. 펜테우스는 분노에 찬 얼굴로
그 추종자를 바라보며 말했다.

"다른 추종자에게 본보기를 삼고자 내 너를 당장 처형할 것이다. 그러나 이에 앞서 한 가지 물어볼 것이 있다. 도대체 너희들은 무엇 때문에 디오니소스를 따라다니는 것이냐?"

그 사내는 두려워하는 기색 없이 당당히 대답했다.

"내 이름은 아케테스요. 해적선에서 선장에게 배의 길을 알려주는 일을 하고 있소. 그러던 어느 날, 고귀한 신분의 자제로 보이는 디오니소스를 발견하게 되었소. 우리는 그를 납치했지만 결국 그의 위대한 능력으로 나 외에 다른 사람들 모두 돌고래가 되고 말았소. 그래서 나는 그때부터 그의 신봉자가 되어 그를 따라다니게 된 것이오. 그의 정체가 정말로 궁금하다면 오늘 밤 키타이론 산으로 가보시오. 디오니소스를 숭배하는 사람들이 모여 제전을 펼칠 예정인데, 그야말로 환희롭고 환상적이오. 여장을 하고 그 산에 가면 여자들의 멋진 춤도 구경할 수 있을 것이오."

펜테우스는 그의 말을 들으니 더욱 화가 치밀었다. 이에 부하들을 불러 이렇게 명령했다.

"저 어리석은 놈의 이야기를 듣느라고 시간만 버렸구나. 저놈을 데리고 가서 속히 처형하라."

아케테스는 펜테우스의 부하들에게 이끌려 감옥에 갇히고 말았다. 이제 그는 꼼짝없이 사형을 당할 신세에 놓이게 된 것이다. 그런데 왕의 부하들이 아케테스를 처형하려고 준비하고 있는 동안 감옥 문이 저절로 스르르 열리더니, 그를 묶고 있던 포승줄도 저절로 풀리는 것이었다. 자유의 몸이 된 아케테스는 부하들 몰래 감옥을 빠져나갔다. 뒤

늦게 그가 투옥되어 있는 곳을 찾아온 부하들은 사라져버린 그를 찾아 여기저기 뒤졌지만 끝내 찾지 못했다.

부하들은 펜테우스에게 가서 자초지종을 이야기하고, 아케테스의 말처럼 디오니소스가 제우스의 피를 받은 신이 틀림없다며 지금이라도 그를 영접하는 것이 좋지 않겠냐고 간청했다. 그러나 펜테우스는 자신의 두 눈으로 확인하지 않는 이상 그 말들을 믿을 수 없었다. 그런 그의 머릿속에 오늘 밤 디오니소스의 제전이 열릴 거라는 아케테스의 말이 떠올랐다. 결국 펜테우스는 디오니소스의 존재를 확인하고자 여장을 한 채 그곳을 찾아가기로 했다.

펜테우스는 부하들에게도 알리지 않고 몰래 혼자서 키타이론 산으로 갔다. 그가 도착했을 때에 이미 수많은 신자들이 몰려 있었는데, 그들의 눈을 피해 나무그늘에 숨어서 이를 지켜보았다. 이윽고 나팔소리가 사방에 울려 퍼지면서 제전의 시작을 알렸다.

펜테우스의 눈앞에 펼쳐지는 광경은 그야말로 광란의 축제와 다를 바 없었다. 디오니소스가 주는 포도주를 마신 추종자들은 다들 제정신이 아닌 것 같았다. 특히 마이나스라 불리는 여인들은 풀밭을 침대 삼아 누구든 가리지 않고 집단으로 성관계를 맺었다. 또, 새끼사슴에게 젖을 물리거나 야수를 갈가리 찢어 이를 날것으로 먹는 등 그녀들의 광란은 지나칠 정도였다. 잠시 후 그녀들은 지팡이를 휘두르면서 이렇게 노래를 불렀다.

"오, 달콤해라. 피와 날것인 붉은 살점의 환희여!"

술에 취해 반쯤 넋이 나간 그들의 모습을 펜테우스는 멍하니 바라보

농부에게 술을 건네는 디오니소스
디오니소스는 풍요와 수확을 상징하는 신이며, 생명력, 피, 포도주, 물, 정액 등을 상징한다. 그렇기 때문에 특히 농부들에게 사랑받는 신이었다.

왔다. 그런데 마침 춤을 추고 있던 한 여인이 그를 발견했는데, 그녀가 가리키는 손짓 때문에 그곳에 있던 다른 여인들도 다들 그를 바라보았다. 그중에는 펜테우스의 어머니인 아가베와 그의 누이들도 있었다. 그런데 갑자기 아가베가 펜테우스를 향해 이렇게 외쳤다.

"저기 멧돼지가 있네요! 이 숲을 휩쓸고 다니는 저 커다란 괴물을 우리가 잡는 게 어떨까요?"

그 말이 떨어지기가 무섭게 추종자들은 그를 향해 돌진했다. 펜테우스는 다급한 마음에 무릎을 꿇은 채 제발 목숨만은 살려달라고 빌었지만, 이미 만취 상태에 있던 아가베는 딸들과 함께 펜테우스의 팔과 다리를 잡고 잡아당겼다. 그렇게 펜테우스는 사지가 절단된 채 목숨을 잃었다. 여전히 자신이 죽인 아들이 멧돼지라고 착각하고 있던 아가베는 이렇게 외쳤다.

"승리다, 승리! 우리가 이겼도다. 이 크나큰 영광을 디오니소스께 돌립시다!"

술에 취해 이렇게 광란을 펼치던 여인들이 한참 후 하나둘 깨어났다. 정신을 차린 아가베와 그의 딸들은 그들이 찢어 죽인 멧돼지가 펜테우스였다는 것을 깨닫게 되었다. 어처구니없는 자신들의 실수를 깨달은 그녀들은 세상이 떠나갈 듯 통곡했지만 그 어떤 방법으로도 이미 죽은 펜테우스를 다시 살릴 수는 없었다. 자신을 제우스의 혈통을 이은 신으로 받아들이지 않는 자를 향한 디오니소스의 복수는 이렇듯 잔인한 결말을 맺게 되었다.

복수를 끝낸 디오니소스는 문득, 지금껏 한 번도 보지 못했던 어머니가 너무나 그리웠다. 디오니소스는 이미 신들의 반열에 오른 상태였기에 어머니가 머물고 있는 지하 세계를 방문하는 것은 허락되었으나, 그 어떤 신도 그에게 지하 세계까지 가는 길을 알려주지 않았다.

그렇게 지하 세계의 입구를 찾아 세상을 떠돌던 디오니소스는 레르네 늪지대 근처에서 한 남자를 만났다. 그런데 그 남자는 자신이 지하 세계로 가는 길을 알고 있다면서 디오니소스에게 자신의 부탁 하나를 들어주면 이를 알려주겠다고 약속했다. 그의 부탁이란, 디오니소스가 여자로 변신하여 자신과 하룻밤을 동침해 달라는 것이었다. 디오니소

스는 일단 그에게 지하 세계를 갔다 온 다음에 그의 소원을 들어주겠
다고 맹세했다.

그 말을 들은 남자는 디오니소스를 늪으로 데려가 그곳에 밀어 넣었
다. 그 늪의 끝이 지하 세계와 연결되어 있었던 것이다. 지하 세계에
도착한 디오니소스는 이곳을 다스리는 왕 하데스를 찾아갔다. 그는 하
데스에게 자신의 어머니 세멜레를 이승으로 올려 보내줄 것을 요청했
는데, 디오니소스의 관한 명성을 익히 들어 알고 있었던 하데스는 순
순히 세멜레를 그에게 내주었다.

어머니와 함께 지상으로 올라온 디오니소스는 자기에게 길을 알려
주었던 그 남자의 약속을 지키기 위해 다시 레르네 늪지대를 찾았지
만, 그동안 죽음의 사신이 그에게 찾아왔는지 이미 그의 몸은 싸늘하
게 식어 있었다. 디오니소스는 잠시 생각한 뒤에 그의 시신이 누워 있
는 주변의 나무를 잘라 남근 모양의 목각 인형을 만들어 이를 자신의
몸속에 넣어 그와의 약속을 지켰다.

디오니소스는 어머니와 함께 올림포스 신전으로 올라갔다. 신이 아
닌 인간이, 그것도 산 자가 아닌 죽은 자가 신들의 세계에서 살 수는
없었다. 이에 디오니소스는 세멜레를 신의 반열에 오를 수 있도록 모
든 신들에게 간청했다. 수많은 추종자를 이끌고 있는 디오니소스를 무
시할 수 없었던 다른 신들은 결국 세멜레에게 신의 권위를 부여해 주
었다.

디오니소스는 어머니를 신들의 세계에서 머물 수 있도록 해주었지
만, 정작 자신은 신들의 세계가 아닌 인간 세상에서 인간들과 보내는

디오니소스
⊛
마 이 나 스

시간이 더 많았다. 인간들에게 디오니소스가 선사한 포도주는 근심 걱정 없는 평안함과 즐거움, 용기를 주었는데, 한편으로는 타락과 파멸을 불러오기도 했다.

디오니소스의 제전은 이후에도 계속 이어져 내려왔으며 그리스에서는 어떠한 축제보다도 성대하게 거행되었다. 포도나무가 가지를 뻗기 시작하는 봄에 열리는 이 축제는 닷새 동안 치러지는데, 다들 모든 일상생활을 멈추고 환희와 향락으로 가득한 시간을 보낸다. 심지어 이 기간 동안에는 감옥에 갇혀 있던 죄수들도 나와 함께 이 축제를 즐겼다.

■■■■■ **술잔을 들어올리는 디오니소스**
디오니소스를 추종하는 숭배자들은 오늘도 밤거리를 헤매며 비틀거리고 있다.

지금도 이 세상에는 디오니소스를 섬기는, '술을 사랑하는 신도'들이 계속해서 늘어나고 있다. 아마 오늘 밤에도 세상 곳곳에서 디오니소스 교를 믿는 신도들이 밤거리를 헤매며 비틀거리고 있을 것이다.

신화의 숲에서 사랑을 만나다

초판 1쇄 인쇄 2008년 3월 6일
초판 1쇄 발행 2008년 3월 11일

지 은 이   최복현

펴 낸 이   김환기
펴 낸 곳   도서출판 이른아침
주   소   서울시 마포구 서교동 381-38 3층
전   화   02-3143-7995
팩   스   02-3143-7996
등   록   2003년 9월 30일 제 313-2003-00324호
홈 페 이 지   www.booksorie.com
이 메 일   webmaster@booksorie.com

ISBN 978-89-90956-96-5   03810